小学館文庫

聖女か悪女

真梨幸子

小学館

本当は、墓場まで持って行くつもりでした。

あるいは、記憶から抹消するつもりでした。

でも、やはり、それではいけないと思いました。

悪を野放しにしてはいけない。

これ以上の犠牲者が出てはいけない。

だから、私は告発します。

私は、東京地検の検察官、碓氷篤紀（うすいあつのり）にレイプされました。性行為を強要されたのです。

脅迫されたのです。

言うことをきかないと、起訴するって。

身に覚えのないことでしたが、私は権力に屈してしまいました。

そんな弱い私が許せない。

それ以上に、あんな卑怯（ひきょう）な男がこの世にいることが、許せない。

だから、私は戦います。

戦い続けます。

○章

清純派女優神奈乙音(かんなおとね)、熱愛発覚！　お相手は、ＩＴ長者の荒屋敷(あらやしき)社長！

「清純派？　あ、あんな動画が流出したっていうのに。どこが清純派？」

月村珠里亜(つきむらじゅりあ)は、手入れの行き届いた指でスマートフォンの画面をなぞりながら、小さく笑った。それは、なにか楽しい遊びを思いついた子供がふと漏らす、無敵で無邪気な笑み。

「神奈乙音なんて、死ねばいいんだ」

そして珠里亜は、今更ながらに車窓に視線をやった。

昼下がりの国道１３４号線。道沿いに、鬱々とした彼岸花がところどころで揺れている。と、突然、視界が開けた。

「あ、葉山御用邸！」

慌ててスマートフォンのレンズを車窓の外に向けると、ぱしゃりとシャッターを切る。

引き続き、
今、彼の車の中。
お世話になっている方の別荘に向かっているところです。
なんと！　私のために結婚パーティーを開いてくださるんだそうです！
天気予報では雨だったけど、見てください、この秋晴れ！
私って、ほんと、晴れ女！

と、早速、Twitterで呟く。

瞬く間に、千を超える「いいね」。一時間後には、十万は超えるだろう。そして、有名検索サイトのトップニュースに「カリスマブロガー月村珠里亜、葉山で結婚パーティー」という見出しが躍るに違いない。

よし、もっとサービスしておくか。

珠里亜は、運転席にレンズを向けた。

「いいい、よーちゃん、ほら、こっち見て」

「え？」

ぱしゃり。

見てください！　よーちゃんと私、今日は嬉し恥ずかしペアルックなんです！

呟くと、さらなる「いいね」の嵐。

が、

この画像、完全によそ見運転ですよね？　危ないですよね？　こういうことはやめたほうがいいです。よそ見運転で、警察に通報しますよ？　っていうか、ポロシャツでパーティーですか（ワラ）

と、心ないコメントもつく。

「ちっ」心の中だけで舌打ちしたつもりが、運転席にも届いたようだ。

「どうしたの？」

よーちゃん……洋平が、ちらちらこちらを見る。

「いつものアンチよ」

「アンチ？」

「そう。匿名掲示板にあることないこと書いてみたり、私のＳＮＳに張りついたり。

特にうざいのが、私のこと嫌いなくせして、私のTwitterにいちいちお小言のコメントを残すやつ。ブロックしてもブロックしても、アカウントを替えて、コメントを残すんだから。この一ヶ月、ずっとそう。鬱陶しいったらありゃしない」

「もしかして、アレが原因じゃない？」

「アレって？」

「ほら、半年前、検察官をレイプで告発したじゃない」

「ああ、碓氷篤紀の件ね。あれは、大炎上だった。私は被害者なのに、まるで私が悪いみたいに非難されて。いやんなっちゃう。……碓氷のやつ、自殺なんかするから」

「日本人は死者に甘いからね。どんな悪人だって、死んだら同情が集まる」

「検察官って、案外メンタル弱いのね。……まさか、自殺するなんて思ってもなかった。あんなことで」

「あんなこと？　……え？　もしかして……？」

「そう。あの告発は全部嘘。デタラメ。数回、仕事で会っただけ」

「え？」

洋平が、怯えた犬のような目でこちらを見る。

「ほら、よーちゃん、安全運転して」

「……デタラメなの？」

ハンドルを摑む洋平の手が、小刻みに震える。

「だって。……ちょっとしたバイトだったのよ。ある人に頼まれて」

「バイト？」

「そう」

「いやいや、バイトって……」

「お金はね、この世で一番大切で尊いの。それをくれるっていうなら、なんでもしなくちゃ」

「……………」

「よーちゃんだって、お金、大好きでしょう？」

「そりゃ……嫌いじゃないけど。でも」

「私がよーちゃんと結婚したのも、お金のためよ？」

「え？　俺、金なんて持ってないよ……」

「あなたのお金なんて、最初からアテにしてない」

「……どういうこと？」

「あなただって、薄々気がついていたでしょう？　これは偽装結婚だって」

「まあ……それは」

「これは、ゲームなのよ。……賭けなのよ」

「賭け？」

あなたって本当に性悪ですね。そんなことでは、いつか地獄に堕ちますよ（ワラ）

それにしても、本当にダサいポロシャツですね（ワラ）

「あ」

また、コメントがついた。

まったく、本当に鬱陶しい。この貧乏人が！

珠里亜は、指先に力を込めて、コメント欄をこつんと叩いた。

……死ね。

一章

1

10月3日、午後7時50分ごろ、神奈川県三浦郡葉山町中山口の別荘で有名ブロガーの月村珠里亜さん（29）が倒れたと119番通報があった。月村さんの意識はなく、鎌倉市大船の病院に搬送された。

なお、月村さんは覚醒剤を所持しており、神奈川県警薬物銃器対策課は、覚醒剤取締法違反容疑で捜査を進めている。

「分かる？　心理カウンセラーの先生がいらっしゃったよ。麻乃紀和（あさのきわ）先生だよ。アメリカ仕込みの偉い先生なんだって。分かる？　わざわざ、ここまで来てくれたんだよ。綺麗（きれい）で優しそうな人だよ。……分かる？」

白髪頭の女が、しきりと、ベッドの住人……月村珠里亜に声をかける。

が、珠里亜は幼子のような顔で、きょとんと、どこか一点を見つめているだけだ。

「いいんですよ。無理はさせないでください」

紀和は、ダウンコートを脱ぎながら言った。有名ブランドの三十万円のコートだ。そして、窓際のパイプ椅子にそれを置いた。そんなつもりはなかったが、そのブランドのタグがまる見えになる。

その横の椅子(スツール)には、よれたダウンジャケット。ファストファッションメーカーのタグが見える。

「……すみません」

女が、白髪頭を下げた。「ハンガー、なくて」

「え？　……ああ、大丈夫です。気にしないでください」

「お高そうなコートなのに」

「いいえ、そんなことは。……大したものじゃないんで。……バーゲンで買った安物なんです」

口から出任せでそんなことを言ってみるが、白髪女は頭を下げるのをやめない。

「本当に、すみません。……本当に」

ここまでされると、むしろ厭味(いやみ)だ。紀和は苦笑いを浮かべながらも、社交辞令を続けた。

「いいえ、いいえ。こちらこそ、本当にすみません。なにか、押し掛けた感じで。……ご迷惑ではなかったですか?」

そう。珠里亜を見舞いたいと申し出たのは、紀和のほうだった。

――ニュースで珠里亜さんのことを知りました。私にできることはないでしょうか? 実は、珠里亜さんには息子が大変お世話になりました。その御礼を兼ねて、ぜひ、私に協力させてほしいのです。私なら、きっとなにかの役に立つと思います。私の住まいは横浜。大船の病院からもそう遠くはありませんので、ぜひ、お見舞いに伺いたく存じます……

と、名刺とともに、手紙を出したのだった。返事はすぐに来た。そして今日、紀和は仕事の合間を縫って、この病室にやってきた。

珠里亜がいるこの病室に。

「……ご迷惑だなんて。……ありがたかったです」

白髪女は、先ほど紀和が差し出したのし袋を胸に当てながら、言った。のし袋の中には見舞金が入っている。大した額ではないが、彼女はそれを大層、ありがたがっている。その中身を早く確認したいと、先程からしきりに、のし袋をなで回している。

その手は、枯れ木のようだった。血管が浮きまくり、爪も、かなり酷い。栄養が足りていないのか凸凹と波打ち、ところどころ割れてもいる。その爪の先は黒く染まり、もちろん、それはネールアートなどではない。爪垢だ。

看病疲れのせいだろうか。

有名ブロガーの月村珠里亜がパーティーの最中、脳梗塞で倒れたのは二週間前だ。一時は脳死とまで言われたが、奇跡的に意識をとり戻し、今も寝たきりではあるが、軽く体を動かせるまでには回復したのだという。が、言葉を発することはできず、呼びかけに瞬きで反応するのみ。その反応も、本当に呼びかけを理解してのものかどうかは、よく分からない。塩をあびたナメクジのごとく、ただ、体が勝手に反応しているだけなのではないか。

「でも。……こんなことになって、不幸中の幸いなんじゃないかって、思うんです」

白髪女は、型通りに笑いを作りながら言った。

「下手に回復したところで、娘には地獄が待っているだけですからね」

娘。……そう、女は、月村珠里亜の母親だった。

「――ご存じかもしれませんが。娘は覚醒剤を所持していたんですよ。回復したらしたで、今度は刑務所行きです。昨日も、警察の人がやってきて、色々と訊かれました」

女は、のし袋をなで回しながら、呻くように言った。

「でも、こうも考えているんです。いっそのこと、逮捕してくれないかと。そうすれば、お国が医療費を出してくれますでしょう？」

なんてことを言うのだろう。紀和は顔をしかめた。

滅多なことは言わないほうがいいですよ。でないと、あちこちから非難の礫（つぶて）が飛んできますよ……そう言おうとしたが、白髪女はその隙を与えてくれない。

「先日、それまでの医療費を請求されたんですけんどね。……それが、まあ、大変な額で」

「でも、国保もありますし、それに、高額療養費制度を使えば――」

「なんにもご存じないんですね。ご覧の通り、ここは個室。差額ベッド代は、健康保険も高額療養費制度も適用されないんですよ。……この差額ベッド代がバカ高くて」

「豪華な部屋ですもんね。まるでホテルみたい。この個室には、自ら？」

「だって、病院が用意した部屋はあまりに味気なくて。それじゃ、娘が可哀想（かわいそう）だと思って……」

「なるほど」この母親も、娘と同様、かなりの見栄っ張りのようだ。

「でも、お嬢様は有名ブロガーで高額所得者。お金がおありでしょう？」

「は？　高額所得者？」

　女の顔が、センブリ茶を飲んだように歪んだ。

「……まあ、確かに、それなりの収入はあったようですけどね。……あの男がすべて、かすめ取っていきましたよ」

「あの男？」

「娘の旦那だった男です」

「芸人の？」

「そう。娘が入院した翌日に、口座のお金をすべて引き出してしまいました」

「いくら夫だからって、全部引き出すなんて──」

「とはいえ、口座にはそれほどお金はなかったようです。娘は浪費家ですから。稼ぎがあっても、すぐにつかってしまったのでしょう。それで、男が怒っちゃって。話が違うって、この病室に怒鳴り込んできましたよ。金はどこだ、どこに隠した……！　ってね。幸い、警察官がやってきたので、男はそのまま姿を消しましたが」

「姿を、消した？」

「はい。翌日、離婚届が送られてきて、それきりです。……まったく、なんて男なんだろう。なんで、この子は、あんな男と。……まったく、この子は、なんでこんなことに──」

　女が、さめざめと泣き出した。

なんて、滑稽な様なのだろう。その姿は珠里亜とひとつも似ていない。自分と同年代のはずだが、もっともっと上に見える。「母親」だと知らなかったら、祖母だと勘違いしていたところだろう。

それとも、歳がいってから珠里亜を産んだのだろうか？　それにしたって……。

そう、老けて見えるだけではなかった。その姿形、その雰囲気、その仕草、そのしゃべりかた。それらは、珠里亜の対極にあった。

やぼったくて、ちんけで、貧乏臭くて。……なにより、品がなかった。そして、その口調にはなんとも切なくなるような訛りが滲んでいる。本人は標準語をしゃべっているつもりなのだろうが、まったく板についていない。……見ているこっちが、いたたまれない気持ちになる。

そういえば、珠里亜は、母親について語ったことがない。露悪趣味といえるほどプライバシー全開のブログだったのに、母親どころか、家族のことにはまったく触れたことがない。まるで天涯孤独だといわんばかりに、家族については固く口を閉ざしていた。

なるほど。この母親の存在を隠したかったのか。

この母親の存在が明らかになったならば、剝がされてしまうだろうから。

都会的でおしゃれで時代の先端をいく〝ネットのミューズ〟という化けの皮が。

そして、整形も、バレてしまう。

……まあ、私には最初からお見通しだったけれど。珠里亜の粉飾は。きっと、とてつもないコンプレックスを抱いていて、それを払拭するために懸命に背伸びし、飾り立てているんだろうと。……ありがちだ。

だとしても、珠里亜は度を越していたが。自分のコンプレックスを昇華させようとでもいうのか、次から次へと生け贄を見つけては、その人間を踏み台にして、レベルアップしてきた。

息子もまた、その犠牲者の一人だ。

ああああ。

珠里亜さえいなければ、息子の人生はバラ色だったのに。

こんな糞女（くそおんな）のせいで、息子は……。

紀和は、ベッドに横たわる珠里亜を睨（にら）みつけた。

なんだって、息子は、こんな女に。……きっと、隙をつかれたのだ。息子は、お人好（よ）しなところがあった。弱者を見たら放っておけない優しさも持っていた。道端で金を乞う人を見かけたら、駆け寄って硬貨ではなく紙幣を恵んでしまうようなところがあった。それは心からの慈悲であったが、息子は知らなかったのだ。世の中には、そんな慈悲を狙う有象無象があちこちに潜んでいることを。

もっと教えておくべきだった。世の中の色んなことを。悪意を。怨念を。毒心を。卑しさを。もっと、もっと……。

紀和の口の中に、唾液が洪水のように溢れかえる。それを、ベッドめがけて吐き出してやりたい衝動に駆られたが、紀和はぐっとそれを抑え込んだ。

その代わりに、心にもない言葉を吐く。

「本当に、お気の毒に……」

そして、老眼鏡を取り出すと、その顔を改めてじっくりと眺めた。

それは、まるで水死体のようだった。顔がボールのように膨れ上がっている。

「浮腫んでるんですよ。薬の副作用で」

母親の腫れぼったい瞼が、小刻みに震える。

紀和は、さらに顔を覗き込んでみた。

いや、もしかしたら、これが本来の月村珠里亜の顔なのかもしれない。その瞼は、母親とそっくりだ。

その腫れた瞼が、ちりちりと反応した。

「あ、静子？」母親が、娘を呼んだ。

そう。〝月村珠里亜〟は仮の名で、〝静子〟が彼女の本当の名前だった。

静子。なんでこの名前を捨ててしまったのか。素敵な名前じゃないか。〝珠里亜〟よりも、よほど、らしい。

「静子、聞こえる？」

〝静子〟の瞼が、微かに応える。

「ああ、そうか。……時間だね」

母親が、手慣れた様子で百円玉を投入し、リモコンを握りしめた。するとと、ベッドの横にある小さな液晶テレビがじじぃっと小さく反応し、そして、ゆっくりと映像が浮かび上がった。

声が聞こえてきて、紀和はテレビに視点を定める。それは、この秋からはじまったドラマだった。

主演は、神奈乙音。清純派女優の体当たり演技で、今話題になっている。二十パーセントに迫る高視聴率で、本放送に加え、午後三時からは再放送を流している。

「静子ったら、このドラマの時間になると、必ず目を覚ますんですよ。大のお気に入りで」

紀和も、お気に入りだった。だから、つい、

「面白いですよね。私も、毎週見てます」

「本当ですか？」

　女の視線が、ふと、キツくなった。続いて、唇の右端だけが鋭角に吊り上がる。それは、いわゆる「上から目線」という表情だ。しかも、侮蔑を含んだ、上から目線。……教師が出来の悪い生徒に向けるような、表情だ。

「私は、嫌いですけどね。……悪趣味じゃないですか。表の顔は弁護士、そして裏の顔は風俗店で働くＳＭの女王。表では裁けない悪人を裏で裁く？　現代版必殺仕事人？　はっ。……そんなふざけた話がありますか。なのに、高視聴率ですって？　しかも、こんな時間から再放送なんて。……嘆かわしいですよ。……神奈乙音も、なんでこんな役を」

　スイッチが入ったかのように、女が突然、饒舌になる。その様は、誰かに喧嘩をふっかけているようだった。

「でも、日本人はこういうの、好きですからね。勧善懲悪が。……はっ。本当に、低俗」

「勧善懲悪、いいじゃありませんか」紀和も釣られて、誰かを弁護するかのように意見を吐き出した。

「悪が滅びるのを見て喜ぶのは、人間の本能のようなものです」

「本能？」

「そうです。人類は、〝善〟を尊び、〝悪〟を排除することで、秩序を手にすることができたんです。秩序は、平和と文明の源です。それを低俗と斬り捨てるのは、とても危険なことだと思いますよ？」

「秩序？　平和？　文明？」

女が、ちんぴらのように、ケンカ腰で言ってきた。

「そうです。勧善懲悪こそ、人間にとって一番大切なものです」

紀和も、いつのまにかケンカ腰になっていた。頬が、かっかする。

目の前の白髪女も、さらに険悪な表情になっていく。

いけない。このままでは、本当の喧嘩になってしまう。

「……まあ、ありがちな話ではありますけどね。陳腐なドラマであることは、私も認めます」

不本意ながら、紀和は言った。

「ええ、本当に」

白髪女が、勝ち誇ったように、顎をくいと上げる。

なんて、憎たらしい顔。ちっ。喉の奥で舌打ちを打っていると、

「……まあ、いずれにしても。今日は、本当にありがとうございます。でも、この子は大丈夫ですから。もうご心配なく」

白髪女が、いきなり結界を張りはじめた。

「もう、お引き取りくださいましな」

「え？　でも。私になにかできることは――」

「ご心配いただいたのはありがたいのですが、娘のことは、我が家の問題ですので。……自分たちでなんとかいたしますので」

「しかし」

「実を申しますと、先生が初めてではないんですよ」

白髪女が、ちらりと、棚に目をやった。私物を収納するための小さな棚だが、その引出しから、なにやら白い封筒らしきものが溢れ出ている。

「どうせ、なにか下心がおありなんでしょう？」

「は？」

「善人を装っている人ほど、油断なりませんからね」

「…………」

「勧善懲悪とか言っている人は、さらに油断なりませんからね」

「…………」

「なので、お引き取りください。あなたの善意は、ちゃんと受け取りましたので」

白髪女が、もう我慢ならないとばかりに、のし袋の中身をちらりと見た。

「あら、まあ」

そして、なんとも微妙な笑みを浮かべると、

「では、お引き取りください」

と、のし袋を引出しに投げ入れた。

2

「やっぱり、親子だ。そっくりだ」

ムカつきながら病院を出たところで、タクシーを見つけた。紀和は乱暴に手を上げた。

品川ナンバーのタクシーが、ゆっくりとスピードを落とし、そして止まった。

「どちらまで？」

運転手の問いに、

「新宿の、四谷——」と応えたところで、紀和は頭を振った。ここ大船から四谷までは、タクシーで行くにはさすがに遠い。四谷のあの部屋には、また今度。

「……横浜。とりあえず、横浜駅に向かってください」

今日は、このまま自宅マンションに戻ろう。仕事もたまっている。新聞社から依頼されたインタビュー記事の校正も、まだ手つかずだ。確か、締め切りは明日。

……はあ。

と、ため息をつきながらシートベルトを引っ張りだしていると、

「四谷といえば──」と、運転手が話しかけてきた。

「いえ、四谷ではなくて、横浜駅にお願いします。横浜駅の東口に」

「はい。畏まりました。……で、四谷といえば──」

なにやら話題を振りたいようだ。面倒臭い。この手の運転手には、適当に相づちを打っておくのが吉。紀和は、「ふーん？」と、曖昧な返事を吐き出した。

「四谷といえば、嫌な事件が起きましたね……」

「事件？」

「ご存じないですか？　さっきから、ラジオではその話題ばかりですよ」

言いながら、運転手がラジオのボタンを押した。

が、流れてきたのは、妙なリズムの音楽だった。最近、よく聞く。流行っているようだが、ちっともその良さが分からない。むしろ、イライラする。それでなくても、先ほどの白髪女へのイライラが残っている。これ以上、イライラしたくない。

「あ、ラジオ、消していただけますか？」

「あ、すみませんね。……おかしいな、さっきまで、事件についてのニュースをしつこく流していたんですがね」

「ああ、そうですか」

「しかし、ひどい事件だ。ひどすぎる」

「はぁ」

「世も末ですよ。もう、とにかく、ひどすぎる」

「へぇ」

適当に相づちを打ち続けていた紀和だったが、

「とても、信じられない。人間がすることとは思えない」

と、運転手があまりに言うので、

「で、ニュースってなんです？」

と、とうとう、こちらから質問してしまった。

「本当にご存じないですか？　四谷の事件ですよ。昼からこのことばかりですよ」

「ラジオは聞かないんで」

「テレビでもやってましたけど」

「テレビも、見ないんで」

「え？　本当ですか？」

運転手が、バックミラー越しに視線を合わせてきた。「……お客さん、テレビで見たことがありますよ。……えっと。……アメリカ仕込みの心理カウンセラーの

「――」

「人違いです」紀和は、視線を逸らした。

「あ、人違いですか」運転手も視線を逸らすと、

「……しかし、ひどい事件ですよ。聞いているだけで鬱になりそうなんで、さっき、ラジオを消したところなんです。……もしかしたら、音楽が終わったら、またやるかも」

と、運転手の指が、またラジオのボタンの上をさまよいはじめた。

「あ、ラジオはいいんで。つけないでください」

「そうですか？　……いや、しかし、ひどい事件だ」

「だから」

紀和は、声を上げた。「だから、なんなんですか？　その事件は！」

自分でも驚くほど大きな声になってしまった。運転手の背中が、びくっと固まった。

それからは、無言が続いた。

まあ、それはそれでいい。気になるが、運転手の会話に付き合うほうが苦痛だ。

紀和は、スマートフォンをバッグから取り出した。今は、便利なものがある。気になったら、ちゃっちゃと検索すればいいだけのことだ。

ニュースサイトを立ち上げたところで、

「四谷のマンションで、八体の惨殺死体が見つかったらしいんですよ」

と、運転手のしゃべりが復活した。

手元のスマートフォンの画面にも、『四谷で8体の死体が発見される』という表示が。

紀和の指が止まった。

と、同時に、体中がかっと熱くなる。汗も噴き出してきた。

震える指で、画面をスワイプしていると、

「八人を殺害だなんて。異常ですよ」運転手が、芝居染みた様子で言った。

「……ほんとうね」

「わたし、普段は都内を流しているんですけどね。事件現場になっているマンション、何度か行ったことがありますよ」

と、運転手が続けた。

「……あそこは、超高級マンションで、芸能人やらが沢山住んでいましてね」

四ツ谷駅近くの三十六階建てのビル。IT企業のオフィスが入っているが、その上層階は賃貸マンションになっている。大手デベロッパーが展開している超高級賃貸物件ル・モニュマン・シリーズのひとつだ。大使館並みのセキュリティと高級シティーホテル並みのサービスが売りの、賃貸物件だ。一ヶ月の家賃は、ワンルーム三十平米でも三十万円はする。

そんなマンションで、惨殺死体。ニュースが盛り上がるのは仕方ない。きっと、今晩のニュース番組はこれでもちきりだろう。明日のワイドショーも、この事件一色となるだろう。

……世間は、こういう事件が大好物だから。

しかも、〝高級〟なものが穢されるようなニュースが。

「そのマンション、セキュリティが売りだというじゃないですか。なのに、こんな事件が起きちゃって。外部に対しては万全のセキュリティだったんでしょうが、内部の犯行までは、防ぐことはできなかったんでしょうな」

運転手が、やや嬉しそうに言葉を弾ませる。

が、はっと我に返ると、

「あれ、結局、目的地はどちらでしたっけ？　横浜駅でいいんですよね？」

と、真顔で訊いてきた。

「ううん。四谷。四谷に行ってください」

スマートフォンをスワイプしながら、紀和は応えた。

「了解です！」

運転手がはずんだ声を上げた。

……そりゃそうだろう。なにしろ、ここからだったら二万円以上だ。……なにやってんだろう、私。

紀和は後悔したが、もう手遅れだった。

3

15日午前7時すぎ、東京都新宿区四谷三丁目のマンションの一室で、訪れた四谷署の警察官が女性8人の遺体を発見、殺人事件として捜査をはじめました。

警視庁によりますと、15日午前6時40分ごろ、マンションの管理人から「2804号室で人が死んでいる」と警察に通報があり、警察官が2804号室を訪れたところ、女性8人の遺体が見つかりました。遺体はどれも切断されており、被害者たちの身元は、まだ判明していません。

一方、同日午前10時すぎ、同マンションの管理人である桑原慎二（くわばらしんじ）さん（53）が同マンション20階のラウンジのベランダから飛び降り、搬送先の病院で亡くなりました。

警視庁は、桑原さんが2804号室で見つかった遺体について、何らかの事情を知っていたとみて捜査をはじめました。

（ＴＯＫＹＯラジオ　ニュース速報より）

＊

……桑原慎二から久しぶりに電話があったのは、一年前でしょうか。

桑原と私は、大学時代からの友人です。同じサークルの仲間でした。歴史サークルです。

桑原は優秀なやつでして。大学も首席で卒業しました。一方、私は絵に描いたような不良学生。講義にもろくに出ず、麻雀三昧。歴史サークルにだって、ほとんど顔を出しませんでした。いわゆる、幽霊部員ですよ。数合わせのような形で在籍していたんです。桑原だってそうです。むりやり、引きずり込まれていた。とはいえ、根が真面目なんでしょうね。歴史なんか興味がない……とか言いながら、ちゃんとサークルには顔を出していたようです。

桑原と私がはじめて口をきいたのは、サークルの顔合わせコンパのときでした。隣同士になったんです。

ピンときました。こいつとは、気が合わない。

自分とは正反対の性格だって。

だから、そのときは、ろくに話もしなかったんですが。

でも、その日、泥酔した私は桑原の下宿先に泊まる羽目になりまして。神田川沿いの汚いアパート。まさに、フォークソングに出てくるようなアパートです。

それをきっかけに、桑原と私は急速に親しくなりました。気が合わない……という第一印象とは裏腹に、奴といるととても居心地がよかったんです。

正反対の性格なのに、いやだからこそ、気が合ったのかもしれません。

それからは、毎日のようにつるんでいましたね。周囲からはゲイカップルなんじゃないかと怪しまれるほど。

でも、それはあながち間違いではなかった。無論、そんな関係ではありませんでしたが、私のほうは、彼に特別な感情があったように思います。

当時の彼は、なんていうか、ちょっとユニセックス的な印象で、まあ、ありていにいえば美青年だったんですよ。三島由紀夫の小説に出てきそうなミステリアスな美青年。事実、キャンパスでも奴は、人気があった。桑原目当てに、歴史サークルに入ってくる女子までいて。どこにいっても、彼の周りには人だかりができていた。

確か、ファッション誌からも誘いがあったと記憶しています。モデルにならないかって。……いわゆる、〝読モ〟ってやつですよ。

そんなモテモテの彼を独り占めしたくて、こんなことを言ったことがあります。

「二人で漫才、やらないか？」って。

彼は笑っていましたが、私は結構本気でした。某芸能プロダクションのお笑い芸人養成所のパンフレットを取り寄せたりして。

「おまえは、横でニコニコ笑っているだけでいいから。ときどき『なんでやねん』と突っ込んでくれれば。あとは、全部、俺がやる」

って、かなりしつこく誘ったんですが。

でも、大学を卒業すると、それまでの蜜月が嘘のように、疎遠になりました。彼は財閥系の大手不動産会社に就職、私は就職浪人。対照的な道に進むことになった私たちはそれから三十年、年賀状のやりとりをするだけの関係に落ち着いていったのです。

桑原の消息は、風の便りで聞く程度でした。会社も家庭も順風満帆。会社では部長補佐の座に就き、年収も千三百万円ほど。プライベートでは二人の子供が有名私立大学に合格し……。

確かに、順風満帆にみえました。でも、私はちょっとひっかかりも感じました。部長補佐。このポストは、あってもなくてもいいものです。いわば、余剰社員のためにわざわざ設けたポストです。たぶん、近いうちに、子会社に出向になるんじゃないか？　そして、出向先ではお荷物扱いされ、給料も減り、居場所も失い――。

そんなことを考えていた矢先でした。桑原から、電話があったのです。年賀状に電話番号を載せていたので、それを見て、かけてきたそうです。

「やあ、ご活躍だね」

その声を聞いても、すぐには分かりませんでした。しゃがれて、かすれて、疲れていて。学生の頃の、あの透き通った声からは程遠い。

「どちら様でしょうか？」

私は、尋ねました。意地悪で言ったわけではありません。本当に、分からなかったのです。

「僕だよ、僕」

新手のオレオレ詐欺か？　とも思いましたが、

「僕だよ、桑原だよ」

と、その名前を聞いたとき、はじめて、

「ああ！」

と、記憶が反応しました。

「どうした？　噂(うわさ)をすればなんとやらだな」

私は、うっかり、そんなことを言っていました。そう、大学時代の友人の集まりで桑原の話題が出たのは、まさに、その二日前だったのです。

「そう。桑原は順風満帆で羨ましい……って、噂していたところなんだよ」

「噂？」

「順風満帆？　はははは」

桑原の乾いた笑い。嫌な予感が走ります。

「会社、辞めようと思って」

予感的中。私はどう答えていいのか分からず、

「へー、そうなんだ」

と、棒読みで返すしかありませんでした。「なんで？」と訊き返してもよかったのですが、とにかく嫌な予感しかしなかったので、私は言葉を呑み込みました。が、桑原のほうは、理由を聞いてほしくて仕方ないようでした。

「色々と、あったんだよ」

などと、意味深なことを言ってきます。

「まあ、……俺たちも、五十を過ぎた。色々あるだろうよ」

私は、言葉を選びながら言いました。そして、

「俺も、先月の健康診断で、ひっかかっちゃってさ。再検査しなくちゃいけないんだよ」

などと、あえて、話を逸らしてみたのですが、

「今週いっぱいで、退職する」と、桑原はいきなり本題をつきつけてきました。

「ああ、そうなんだ」こうなったら、私だって、こう返すしかありません。「……なんで？」

「聞いてくれるか？」

それから桑原は、堰を切ったように話をはじめました。

長年仕えた上司に対する恨みつらみ、そして、新しく上司になった元部下に対する妬み嫉み。

聞くに堪えない内容でした。

あの温和で優しかった桑原とは思えないほどの愚痴のオンパレード。

私の脳裏には三十年前の美青年のイメージしかありませんでしたから、ひどく違和感がありました。もしかしたら、偽者ではないのか？　桑原を装った誰かなんじゃないのか？

私は、受話器を耳に当てた状態で、パソコンを立ち上げました。そして、ネットにつなぐと、「桑原慎二」の名前で検索してみました。

ＳＮＳがヒットしました。プロフィール欄には、画像つき。

「げっ」

思わず、そんな声が出てしまいました。

なぜなら、その画像は、でっぷりと肥（ふと）ったハゲヅラのおっさんだったからです。

まさか、これが、今の桑原か？

とても信じられませんでした。唖然（あぜん）としていると、

「……で、人事部にしてみれば、僕は目の上のたんこぶなんだよ。なにしろ、今の人事部長は学歴コンプレックスの持ち主で、僕のような国立大学出身の社員を目の敵にしているところがある。で、嫌がらせのように、子会社に出向させようとしている。……って、おい、聞いているか？」

「うん、聞いているよ」

私は、改めて、パソコンに表示された画像を見ました。確かに、よくよく見れば面影はある。右目の涙ぼくろとか、八重歯とか。……昔は、それが彼のチャームポイントでしたが、今となれば、ただの冗談にしか見えません。

昔好きだったアイドルが、変わり果てた姿でテレビに出てきたときのような脱力を、私は感じていました。そのせいか、うっかり、

「それで、会社を辞めて、どうするの？」

などと、質問してしまいました。

「そうなんだよ、それなんだよ」

桑原が、声を弾ませました。「退職金も出るし、当分はゆっくりしようと思って

いる。……一年ぐらいは」

「一年も？　大丈夫か？」

「大丈夫だよ。その間に、再就職活動もするつもりだけどさ。だって、ほら。就活してないと、失業手当、もらえないだろう？」

「でも、失業手当なんて、いくらも出ないぞ。お前の今までの収入から比べれば、小遣い程度だ。それで、生活していけるのか？」

「だから、大丈夫だよ、退職金も出るし――」

「住宅ローンは？」

「大丈夫だよ、退職金で――」

「子供たちの学費は？　二人とも私立の大学だろう？」

「大丈夫だよ、退職金が――」

　桑原は、その後も「退職金、退職金」を繰り返しました。桑原の皮算用では、その額五千万円。

　結局、その日の電話は、「久しぶりに、飲もうよ」という誘いだったのですが。

　しかも、高級シティーホテルの寿司屋。最低でも三万円はするという有名店に行こうというのです。奢るからと。

「大丈夫か？」

「大丈夫だよ、退職金を――」

私は、またもや嫌な予感に苛まれました。

そんなにうまく、行くのか？

案の定でした。

一ヶ月もしないうちに、再び桑原から電話がありました。

「……相談があるんだ」

「相談？」私は、身構えました。というのも、桑原の声は暗く、今にも死にそうなほどに切羽詰まった感じだったからです。

「ヤバいよ、ヤバいよ」

桑原は、某お笑いタレントのような口調で、半分冗談めかしていましたが、どうやら、本当にヤバいようでした。

「退職金、……半分も出なかった」

つまり、二千五百万円もなかったというのです。彼の皮算用では、退職金で住宅ローンを清算し、残りのお金は貯金、そして当座の生活費に充てるつもりだったそうです。

が、蓋を開けたら、その額は半分以下。

いや、それでも結構な額だ。中小企業で働いていたらそんなにはもらえない。さすがは、大手財閥系だ……と、私なんかは思うんですが。

でも、桑原にとっては、とんだ計算違いだったんでしょう。

「ヤバいよ、ヤバいよ」と、繰り返すばかり。

ちょっとイライラした私は、

「なにが、ヤバいの？」と、少し乱暴に突き放しました。

すると桑原は、言い訳するように、

「いや、でも、住宅ローンが……上の子供が留学したいっていうからその費用が……下の子供の学費も……妻が俳句集を自費出版したいと言い出して……」

ああ、もう、本当にイライラしました。

今までのように生活できなくなることを承知で、会社を辞めたんじゃないのか？　会社を辞めたら、生活レベルが下がるのは当たり前じゃないか。

でも、桑原は、会社を辞めることで、さらなるレベルアップを望んでいたようです。

今は人手不足。自分のような優秀な人間なら引く手数多で、今までの給料以上の条件でどこかの大手の会社が招いてくれるだろう……と、そういう考えだったようです。

何を言うか。部長補佐などという中途半端な役職だった人間を、どの会社がありがたがって雇うものか。しかも、五十を過ぎた年収一千万超えのおっさんなんて、一番タチが悪い。どこも欲しがらない。使い勝手が悪すぎる。年収三百万円でもいいと言われても、お断りだ！

私は、悪態を吐き出しました。もちろん、腹の中で。

桑原は、自分の価値を過大評価していたのです。前の会社は、日本有数の財閥系大手。そこにいたときは、誰もがちやほやしてくれたのでしょう。分不相応な接待だって受けまくっていたのでしょう。まさに、虎の威を借る狐です。

虎の威がなければ、ただの弱々しい狐。が、桑原は、三十年もぬくぬくとぬるま湯につかっていたせいで、自分自身が「虎」だと勘違いしてしまっていたのです。

その勘違いは、まだ続いているようでした。

「……退職金があてにならないと分かったんで、再就職しようと思っているんだけどさ。信じられないことばかりだよ。どういうわけか、落ちまくっている。これは、なにかの陰謀かもしれない。前の会社の連中が、僕の再就職を邪魔しているのかもしれない」

なんて、言う始末。……呆れながらも、私は訊きました。

「で、何社、受けたの？」

「三社」

「……三社だけかよ」

私は、やれやれと、肩を落としました。この勘違い男は、自分なら志望した会社に一発で雇用されると思っていたらしい。だから、私は言ってやりました。

「俺の高校時代の友人なんか、百社以上受けて、ようやく再就職が決まったよ。××銀行を辞めたやつだ」

「××銀行といえば、超大手じゃないか」

「そうだよ、しかも、本店勤務のエリートだった」

「なんで、そんなエリートが会社を辞めたんだろう？」

理由は、まあ、お前と同じだ。出世コースから外れて、腹いせで辞めたんだ。

「もったいないな。そんないい会社。どんなに辛くても、辞めるもんじゃない。しがみついていたほうがいい」

お前が言うか……と思ったが、それは言わないでおきました。

「で、その人、今は？」

「牛丼チェーン店の雇われ店長をしているよ。……年収は六百万円らしい」

「……無残だな」

無残なものか。奴はラッキーなほうだ。五十を過ぎて、年収六百万円の職にありつけるなんて。

奴は、百社以上落ちて、ようやく自分の価値がどの程度のものかということを理解した。理解したからこそ、年収六百万円の職にありつけたのだ。

だから、桑原。お前もいい加減、気がつけ。理解しろ。自分の本来の価値に。そして、腹をくくれ。

でないと……。

「それで、相談なんだが」

桑原が、畏まった口調で言いました。

私は、身構えました。

「なんだ？　金なら、ないぞ」

「違うよ。前に言った、寿司を奢るって話。あれ、ちょっと待ってくれるかな？」

「え？」

「再就職が決まったら、絶対に奢るからさ」

「いいよ、そんなの。そもそも、期待してないよ」

「そんなこと言うなよ。奢らせてくれよ」

「ああ、分かった。じゃ、再就職が決まったら、連絡をくれ」

「うん。……今日は、ありがとう。声を聞けてよかったよ」

そして桑原は、電話を切りました。

「え？」

私は、あっけにとられました。

というのも、てっきり、私にすがってくるのかと思ったからです。

前述の高校時代のクラスメイトのように。そのクラスメイトだけではありません。私のところには、月に一度の割合で、いろんな知り合いから連絡がきます。どれも、私の顔の広さを頼ってのことです。

私のような稼業をしておりますと、どうしてもそういうことになります。

しかし、不思議なものです。高校時代のクラスメイトも、生徒会長をやっていたような優等生でした。一方、私は、停学を何度も食らうような札付きの不良。が、見渡せば、優秀な者ほど、どこかで躓（つまず）く印象です。挫折が少ない分、軟弱なんでしょうね。埋立地に建てられた街のごとく、ちょっとした揺れですぐに地盤沈下してしまうんですよ。

一方、不良のレッテルを貼られたような連中は、案外、地盤が固いんです。ちょっとやそっとの揺れではびくともせず、かえってそれをバネにして飛躍しているケースが多い。

え？　私？　私は、どちらかといえば、後者ですね。

とはいっても、ただの、不動産会社の社長ですけどね。

世間からみれば、吹けば飛ぶよな零細企業。でも、年商は五十億円ほどにはなります。なかなかのものでしょう？

桑原だって、泣いて頼めば、事務所の清掃員にしてやったのに。ちょうど、清掃員が辞めてしまったものですから。その人の代わりにね。

が、桑原からはそれっきり、連絡はありませんでした。

ですから、すっかり、その存在すら忘れていたのです。

彼の名前を久しぶりに聞いたのは、テレビのニュースです。神奈乙音が主演しているドラマの再放送が終了し、そのあと流れたニュースで知ったんです。

驚きでした。もう、本当に、驚きでした。

桑原のやつ、マンションの管理人になっていたんだって。

……ああ、なるほど、そうか。

確か、あのマンションは、ル・モニュマン・シリーズのひとつ。〝ル・モニュマン〟は、桑原がかつて勤めていた財閥系不動産会社の子会社が管理している高級賃貸マンション。

そうか、あいつ、頭を下げて、かつて勤めていた会社の子会社に拾ってもらったんだな。

だったら、はじめから、前の会社を辞めずに、おとなしく出向していればよかったんだ。そうすれば、給料だって、数百万下がる程度だったのに。

聞いたことがあります。あのマンションは、世間では高級マンションとして名を馳せていますが、それを管理する会社の給料はめちゃくちゃ低いって。だから人が長続きせず、コンシェルジュもちょくちょく替わるって、懇意にしているタレント志望のキャバ嬢が言ってました。

ル・モニュマン・シリーズのマンションは、いわば芸能界御用達。金さえ積めば割と審査も甘いので、芸能人や水商売、果てはちょっと素性の怪しい成金が多く住んでいます。反社会的勢力とかね。もちろん、表向きは、反社会的勢力なんて絶対ダメですよ。でも、抜け穴は色々とある。金、そう、金さえ積めば、世の中どうにでもなるんです。

それにしても、ショックでしたよ。桑原のことは。

まさか、あいつが、大量殺人鬼になるなんて。

大学時代からはとても考えられません。

でも、人間、誰しも殺人鬼の顔を隠し持っているのかもしれませんね。自分でも知らないうちに、殺意を育てているともいえる。

無論、殺人を肯定しているわけではありません。多くの人は、殺意をうまく飼いならして、または気付かぬふりをして、暮らしているものです。あるいは、殺意をもっと別のものに昇華させたりして。小説とか音楽とか、なにかを創作することで。ほら。サド侯爵なんかはまさにそれですよね。世間や姑に対する恨みつらみ、そして殺意を小説という形で吐き出している。彼が生み出した小説は、ほとんどが牢獄の中で書かれたものだというじゃないですか。

そう、かの悪名高きサド侯爵だって、実際に殺人は犯してない。悪徳は、小説の中だけです。……無論、多少の不良行為はあったようですけどね。だから、投獄されたんでしょうが。

一方、怖いのは、普段は真面目に生きている人間ですよ。美徳をよりどころにしている人間ほど、暴走すると怖い。

桑原のように、いきなり大量殺人鬼になってしまう。

……ほんと、怖いですよ。

（週刊暴露『四谷高級マンション大量殺人事件』特集記事より）

＊

怖いのは、美徳をよりどころにしている人間か。

確かに、そうかもしれない。

普段から悪徳の色にじんわりと染まっているような人は、案外、だいそれたことはしないものだ。人を殺めることがあっても、せいぜい一人か二人だ。が、悪徳から程遠い人ほど、一度なにかに染まると、一気に染まる。墨汁を垂らした白衣のように、もう、元の〝白〟には戻れない。

「だからといって。八人も殺害するなんて。……ちょっとやりすぎ？」

麻乃紀和は、週刊誌を静かに閉じると、それをサイドテーブルに置いた。そして紅茶をすするが、すでに冷めきっている。

紀和は、次の週刊誌に手を伸ばした。

女性を対象にした週刊誌で、切り口は、先ほどの男性向け週刊誌とはまた一味違う。

『コンシェルジュは見た！』というタイトルが、いかにもだ。

ぱらぱらとページをめくって斜め読みしてみると、桑原容疑者と一緒に働いていた女性のインタビュー記事のようだ。

紀和はページを戻すと、改めてはじめから記事に目を通した。

＊

……桑原さんと一緒に仕事をした期間は、半年ぐらいです。

桑原さんの肩書きは、一応「グランドマネージャー」、私は派遣のコンシェルジュです。

姿も求められます。特に、事件があった四谷のル・モニュマンは、粒ぞろいだったと思います。いろんな派遣会社からコンシェルジュが派遣されていましたが、みなモデル並みに美しく、そして仕事もできました。その経歴もすごかったですよ。元客室乗務員、元高級リゾートホテルのマネージャー、元パリコレモデル、元大手商社の受付嬢。基本、英語か中国語がぺらぺらでないとダメなので、総理大臣の通訳の仕事をしたことがある……なんていう経歴の人もいましたっけ。

……私も、自分でいうのもなんですが、そこそこ容姿には自信があります。イギリスに長く住んでいた帰国子女なので、英語も自信があります。ながらく、シンガポールに拠点を置く大手IT企業の社長秘書をしておりました。

あ、今、「そんな経歴を持っていながら、なんで〝派遣〟に?」という顔をしましたね。

ああ、本当に困ってしまいます。今って、〝派遣〟という言葉にはネガティブな響きしかない。貧困や格差の代名詞のようになってしまいました。これも、小泉改革の悪影響ですかね。派遣業種の規制を緩めてしまったせいで、低賃金の温床になってしまいましたから。

が、本来、〝派遣〟というのは、高給取りの代名詞だったんですよ。特別で専門的な技能を持ったプロフェッショナルしか、〝派遣〟の対象にはなりませんでしたから。

今も、一部の派遣は、本物のプロフェッショナルです。ル・モニュマン・シリーズのマンションに派遣される人材が、まさにそれです。

だからといって、時給は、そんなによくはなかったですね。まあ、千七百円とか千八百円とか、そんなものです。手取りにすると、月に二十五万円ぐらい。年収にして、三百五十万円前後。

もともと勤めていたところの給料と比較すると、半額、いいえ、三分の一ぐらいです。

でも、ほとんどのコンシェルジュは主婦。暇つぶしか小遣い稼ぎで働いている人たちばかりなので、それで満足していたみたいですが。……中には、あわよくばマンションに住んでいる金持ちに気に入られて玉の輿に乗りたい……なんていう、お花畑な元アイドルもいましたけどね。

私は、独り者で、玉の輿なんてファンタジーもまったく信じていなかったので、ギャランティーにはちょっと不満でしたね。……全然、足りなかった。……ああ、なんで前の会社を辞めちゃったんだろうって、後悔ばかり。

桑原さんも、同じだったと思います。

「グランドマネージャー」なんて大層な肩書きがついていましたが、契約社員でした。聞くところによると、元は財閥系の本社で管理職をしていたというじゃないですか。財閥系の本社勤務なら、年収はどんなに安く見積もっても、一千万円。桑原さんの年齢で管理職なら、二千万円近くもらっていたはずです。

なのに、なんで、そんな高収入を蹴って、マンションのマネージャーなんかに。しかも、契約社員で。正規社員ならまだしも、契約社員なら、どんなに多く見積もっても、年収は五百万円いくかいかないかです。

でも、まあ、なんとなく見当はつきましたけどね。

リストラされたんだろうって。または、自ら退職するようにあれこれ工作されたんだろうって。

私がそうでしたから。あからさまな嫌がらせ人事、あからさまな差別、あからさまなパワハラ、そんなことを日常的にされて、耐えきれずに自分から辞めたんです。

……あのままいたら、メンタルが崩壊するって。

でも、もっと戦えばよかった。それか見ざる聞かざる言わざるを貫き通して、貝のようにじっとしていればよかったと、今では後悔しています。だって、それまで住んでいた西麻布の家賃十六万円のマンションを引き払って、今は落合の家賃七万円のぼろマンション。人も呼べやしない。

でも、私は賃貸だったから、引っ越せばよかっただけですが。

桑原さんは、大変だったんじゃないでしょうか。

確か、自宅マンションは代々木上原。いうまでもなく、高級住宅街です。ローンが残っているって、ぼろっと漏らしていましたっけ。しかも、お子さんが二人もいらして、どちらも有名私立大学の学生で。いずれにしても、お金がかかる年頃です。とてもじゃないけれど、年収五百万円では足りないはずです。

だからなのかもしれません。

桑原さんには、嫌な噂がありました。

ここのマンションの住人の名簿と情報を、闇の業者に売っているって。

桑原さんは契約社員ですが、一応は「グランドマネージャー」。マンションの住人のプライベートな情報は、すべて閲覧することができるのです。

私たちコンシェルジュは、住人の顔と家族構成、そして部屋番号ぐらいしか知りません。収入はもちろん、職業も知りません。……まあ、なんとなく分かっちゃいますけど。

でも、詳細は把握していません。推測だけです。

一方、グランドマネージャーの桑原さんは、それらをすべて把握できる立場でした。契約書の内容まで閲覧できるんですから。

つまり、名簿屋……もっといえば、その筋の人にとっては、喉から手が出るほど欲しい情報を、桑原さんは握っていたのです。

きっと、高額な取引価格を提示されてしまったんでしょうね。それで、ついよろめいてしまったんでしょう。よくある話です。

え？　どうして桑原さんがそんなことをしているのを知ったのかって？

だって、みんな噂していましたもん。

桑原さんが、情報を流しているに違いないって。

というのも。

ある住人が、自殺をはかったのです。未遂だったんですが。

その方は、八十代の高齢のご婦人で、とある大物政治家のお母様だとか。その方が、オレオレ詐欺に引っかかっちゃいまして。なんでも、一億円ほど、取られちゃったみたいなんです。

一億円ですよ。富裕層にもなると、桁が違いますね。

聞いた話だと、息子の大物政治家が未成年の女性と淫行し、妊娠させてしまった。

その口止め料を支払えって、電話が来たようなんです。で、代理人と名乗る人に、キャッシュで支払ったんだそうです。なんでも、そのご婦人、一億円を箪笥貯金していて。

詐欺師は、そのことも知っていたんでしょうね。一億円を口座に振り込ませるのは色々リスクがあるけれど、現金だったら足がつかない。だから、現金を持っている人に狙いを定めたのでしょう。

そして、そういう情報を知り得たのは、桑原さんしかいないんです。グランドマネージャーの桑原さんは、すべての部屋の合鍵も自由に使うことができますから。きっと、消防設備点検だなんだと理由をつけて、留守中に侵入して、一億円の箪笥貯金を知ったんでしょうね。

それだけじゃありません。

架空の土地を買わされて、自己破産した会社経営者もいましたっけ。

その他にも……。

つまり、桑原さんがグランドマネージャーになってから、詐欺に引っかかる住人が続出したんです。それで、コンシェルジュの間でも、「これは、おかしいね。住人の情報が流れている可能性がある」って、噂になって。じゃ、誰が流しているのか？　グランドマネージャーの桑原さんしかいないって。

そんな噂をしていたときでした。

二八〇四号室で惨劇が起きたのは。

二八〇四号室は、実は空き室だったんです。

1K、三十五平米。家賃は二十万円。え？　高いって？　何言ってるんですか、これでも、十万円ほど安くなっています。

というのも、その部屋はいわゆる心理的瑕疵物件……いわくつきの部屋だったんです。

そのせいか、ずっと空き室のままで。

実は、あの部屋で、孤独死があったんです。死んだのは、元グラビアアイドルの某タレント。タレントとしてはパッとしなかったのに、どこぞの金持ちをパトロンにしたんでしょうね、当時、お家賃三十万円だったあの部屋に、一人で住んでいましたっけ。……変な人でしたよ。なんか、ちょっと引きこもり的な感じで。出かけることはほとんどなくて、宅配ピザなどの出前の取り次ぎの依頼があるばかり。訪ねてくる人もほとんどいなくて。だから、亡くなったときも、一ヶ月、発見されることはありませんでした。発見したのは、実は私で……。消防設備点検の日だったので、部屋にインターホンで連絡を入れてみたのです。でも、応答がなくて。なんとなく胸騒ぎがしました。というのも、消防設備点検のときはいつも協力的で、指定された時間には必ず在宅されていたのです。で、合鍵で部屋に入ってみたら……。

あのときのことは思い出したくもありません。トラウマです。記憶ごと、どこかに捨ててしまいたいです。

いずれにしても、部屋を原状回復するのに、めちゃくちゃお金と時間を要しました。お金は、たぶん、敷金で相殺したんでしょう。四ヶ月分の敷金を入れているはずですから、百二十万円ぐらいはプールしてあったはずです。……でも、それじゃ全然足りないぐらい、部屋は凄いことになってましたけどね。……まあ、たぶん、保証人か誰かに出してもらったんでしょう。詳しいことは分かりません。

マンションを運営するオーナー会社としては、そのことはどうしても伏せておきたかったのでしょう。築浅の物件だし、なによりイメージダウンですから。……だから、事件のことは表沙汰にはせずに、その部屋もずっと空き室のままにしてありました。ところが。二八〇四号室で騒音がするって、前々から苦情が出ていました。空き室なのに、おかしいよね……って、コンシェルジュの間では言っていたんですが。

どうやら、不特定多数の人物が入り込んでいたようです。

これは、一大事だ。情報漏洩の疑いがある上に、無断で人が出入りしている！もう捨て置けない。オーナー会社に通報しなくちゃ……と騒ぎになったときです。

あの事件が起きたんです。

ところで、私たちコンシェルジュの勤務は夜の七時半まで。その日も、私は友人と約束がありましたので、定時で帰りました。

残ったのは、夜勤の守衛さんと、そしてグランドマネージャーの桑原さん。

あとで守衛さんから聞いた話だと、住人から苦情が来たらしいのです、明け方のことです。二八〇四号室から異臭がすると。

それで、守衛さんが「空き室なのにおかしい……」と思いながらも、二八〇四号室に行こうとしたらしいのです。そしたら、桑原さんが、「自分が行くから、いい」と止めて。が、桑原さんはなかなか戻ってこない。一時間後、心配した守衛さんが二八〇四号室に行くと、桑原さんが放心状態でうずくまっていて。

そして、惨殺死体が発見された……という次第です。

さらには、桑原さんも……。

二十階の共用ラウンジで、警官に事情を聴かれていたときです。桑原さん、突然、ベランダから飛び降りてしまったそうです。……実は、そのとき私は一階の庭にいて、「どすん」という重たい音を聞いています。……桑原さんが地面に叩きつけられたときの音です。今も、そのときの音が、耳に残っています。

私はその日のうちに、あのマンションを辞めました。他のコンシェルジュもそうです。

住人たちも次々と引っ越して。

オフィス階に入っている企業も、移転を進めているようです。

今、残っているのは、反社会的勢力と関係があると囁かれている怪しい会社と、そしてなんとかっていう芸能プロダクションと。これらの会社は、事件のあとに入居したそうです。住宅階にも、怪しい連中が続々と入居しているみたいですよ。オレオレ詐欺の拠点になっているとかで、摘発された部屋もありましたっけ。ビルごと悪の巣窟となった格好です。

まさに、ル・モニュマン・シリーズの汚点です。

私、心底、桑原さんが許せないと思いました。

だって、二八〇四号室に部外者を招き入れたのは、あの人で間違いないんですから。合鍵を自由に使える桑原さんなら、それができます。

そして、あの八人を殺害したのも、たぶん、桑原さん……。

八人とも、若い女性だと聞きました。女性たちの死体は切断され、首が浴槽に並べられていたとか。

いったい、なぜ、そんなことを……?

そんな鬼畜と仕事をしていたかと思うと、恐ろしくて、気持ち悪くて、心が悲鳴を上げました。

もう、いろんな意味で耐えられません。

私、あの事件以来、メンタルがボロボロです。仕事もまともにできません。

今、心療内科に通っています。薬を飲まないと、まともにこうやって話すこともできないんです。

そうういう意味では、私も、桑原さんの犠牲者の一人だと思います。


（週刊女性エイト『コンシェルジュは見た！』より）

＊

ふん。このコンシェルジュ、嘘をついている。マンションの住人の名簿と情報を売っていたのは、この女に違いない。なのに、これ幸いと、自分の悪事をすべて死人のせいにしている。

麻乃紀和は、荒々しく、週刊誌を閉じた。そして、

……こういう女は、すぐにそういう嘘をつく。そして、他者（ひと）の人生を踏みにじる。

そのくせ、被害者ぶる。なにが、「そういう意味では、私も、桑原さんの犠牲者の一人だと思います」だ。

月村珠里亜もそうだ。被害者をきどり、どれだけの人間の人生を台無しにしてき

たことか。

本当に忌々しい！

……と、週刊誌をテーブルに投げ置いた。

口直しにまた紅茶でも淹れるか……と立ちあがったところで、スマートフォンが反応した。メールが来たようだ。

先生からだった。

『お元気ですか？　もう、気分は晴れましたか？』

短い文面だったが、涙が出た。

『おかげさまで、今はとても元気です。晴れ晴れしています。すべて順調です。これもすべて先生のおかげです。本当にありがとうございます。一つだけ心配ごとがあるのですが……。でも、それもすぐに解決するでしょう』

そう返信したところで、またメールが来た。

今度は、フリー記者のワタナベだった。一度、テレビの報道番組で一緒になったことがある。

『ご依頼の件』というサブジェクト。

ああ、ようやくか。……今更だ。いったい、どんだけ時間をかけているというのだ。依頼したのは、もう五ヶ月も前のことだ。

――月村珠里亜について色々と教えて欲しいの。あなた、以前、彼女にインタビューしたことがあったわよね？　その記事、私も読んだわ。とても面白い記事だった。で、私、彼女に興味を持ってしまったの。今では大ファンなのよ。でも、直接連絡をとるのもなんだから、まずは、プロファイリングしたいの――

そんな依頼を確かにした。焦っていたのだ。息子を陥れた女にどうやって復讐するか。それにはまず、月村珠里亜について知りたい。でも、そのときはワタナベにドン引きされてしまった。そのせいか、その後は梨の礫。だから、最後の頼みの綱、先生に相談した。そして、解決した。だから、本当に今更だ。

とはいえ、せっかくのメールだ。このまま読まずにいるのもなにか落ち着かない。

紀和は、メールを開いた。

『麻乃先生。ご無沙汰しております。ご連絡が遅くなりましたが、ご依頼の件でちょっと気になる人をネットで見つけました。彼女は小学校のとき月村珠里亜と同じクラスだったらしく、SNSでそんなようなことをつぶやいていたので、ダイレクトメールを送ってみたんです。はじめは警戒されましたが、メールでやりとりをしているうちに、なかなか興味深いことを話してくれました。ちょっと長いんですけど、そのときのメールを転送します――』

＊

月村珠里亜のことをお知りになりたいんですか？

月村珠里亜の本名は月村静子といいます。

私と静子ちゃんは、保育園時代からの幼馴染（おさななじみ）。小学校もずっと同じクラスでした。

でも、仲がよかったわけではありませんでした。むしろ、お互い、無視していました。

スクールカーストでいえば、私たちはどちらも中の下。

そう、脚光を浴びることも目立つこともありませんでしたが、いじめの対象になることはない、言ってみれば一番の安全地帯にいました。

私はそれで満足していたのですが、静子ちゃんは違いました。上を目指していました。カースト上部のグループに、なんだかんだ貢物をしたりして、媚（こ）びを売っていましたっけ。

私から見れば、ただのパシリですよ。いいように使われていた。気の毒なぐらいでした。

カースト上部の子たちも、明らかにうざがっていました。静子ちゃんの悪口も何度か聞きました。「なんか、あの子、苦手～」とか。「なんだか、あの子、独特な臭いがするよね～、まじで、近づかないでほしい」とか。

それを気にしてか、静子ちゃん、あるとき、香水をつけてきたことがあって。

……夏休みが終わってすぐの頃でしたでしょうか。

先生にこっぴどく、注意されていましたっけ。

でも、当の本人はけろっとしていて、

「これね、シャネルの香水なんだよ。マリリン・モンローという女優さんがつけていた香水」

と、自慢げに話していました。

マリリン・モンローという女優は知りませんでしたが、〝シャネル〟は聞いたことがありました。うちの母が、よく口にする名前です。

「シャネルのバッグが欲しい」とか「シャネルスーツを着てみたい」とか、ため息交じりで。

だから、幼心にも、〝シャネル〟というのは大人の女性を虜（とりこ）にするなにかなんだろうと、ぼんやりとしたイメージは持っていました。

シャネルの香水は確かに、いい匂いではありました。でも、なんとなく危険な感じもしました。

　一方、カースト上部の子たちは、興味津々。

「シャネルの香水、どうしたの？」

「お母さんの香水？」

「いい香りだね、私もつけてみたい」

　なんて具合に。

　翌日、静子ちゃんは、小さな瓶をいくつか持ってきて。そう、今思えば、あれは、飛行機なんかで売っている、香水のミニセット。

　綺麗でしたよ。ほんとうに、綺麗だった。遠くで見ていた私も、うっとりしてしまいました。カースト上部の子たちも、目が爛々（らんらん）としちゃって。ちょうだい、ちょうだいって、物乞いのように手を伸ばしたりして。

　いつもは澄ましている子たちが、あんなに貪欲になるなんて。やっぱり、ブランドの威力ってすごいですね。歳なんか関係ないんですよ。

　気がつけば、静子ちゃん、いつのまにか輪の中心にいました。

　下々の者に、パンを分け与える女王様のように、香水を一つ一つ、恵んでいましたっけ。

　私も手を伸ばしてみたかったけれど。でも、どうせ、静子ちゃんの眼中に私は入っていない。だから、遠くで眺めているだけでした。

ところが、その放課後、静子ちゃんが私に近づいてきました。そして、「特別だよ」と言いながら、香水の瓶を私の手に押し付けてきました。

それはそれは、綺麗な緑色の瓶でした。宝石をちりばめたような。

「ほら、つけてみなよ」

静子ちゃんに言われ、私は手首にワンプッシュしてみました。

ああ、なんていい香り。

私はちょっとした放心状態に陥り、「ありがとう」を言うのも忘れていました。気がつけば、もう静子ちゃんはいなくて。

我に返った私は、手洗い場に走りました。こんな匂いをつけたまま家に帰ったら叱られる。子供心にも、その香りがあまりに官能的で危険なことは理解できましたので。

その翌日、静子ちゃんはまたなにかを持ってきました。……ロクシタンのハンドクリームセットです。これも機内販売で売っていそうなもので、とにかく可愛らしい代物でした。いうまでもなく女子には大受けで、静子ちゃんを中心に人だかりができました。

そんな感じで、静子ちゃんは毎日のように、なにかしらを持ってきては、それを女子に配っていました。もちろん、カーストの上部の子たちを中心に。カーストの中の下に位置している私のところには回ってきませんでした。最初の香水、あれだけが例外でした。

静子ちゃんは、いつのまにか、カースト上部の正式なメンバーになっていました。でも、パシリからひとつ上がったという程度です。はたから見たら、他の上部の子たちとはまだ壁がありました。

静子ちゃんが、毎日のように、必死に、なにかしら目をひくようなものを持ってきたのは、その壁を取り払おうとしていたからだということは、遠くで眺めていた私にも一目瞭然でした。

それにしてもです。

なんで、静子ちゃんは、次から次へとあんな高価なものを持ってくることができたのか。

静子ちゃんの家は、そんなに裕福ではありません。確か、ご両親は離婚しており、シングルマザー家庭。

一時は、生活保護を受けていたとも。

なのに、なぜ?

そういえば、ある時期から、服も変わった。そう、夏休みが終わった頃から、明らかに、有名子供服ブランドのそれになったのです。しかも、新品。それまでは、リサイクルショップで買ったような、古いデザインの古着だったのに。私と似たり寄ったりの服だったのに。

そう。私と静子ちゃんは、境遇がよく似ていました。シングルマザー家庭で、市営アパートに住んでいて、服も日用品もすべてリサイクルショップのもの。

静子ちゃんが、「独特の臭いがする」と言われていたのは、古着のせいです。防虫剤とカビが入り混じった臭い。そして、生乾きの臭い。

私も同じ臭いをまとっていました。その点では、私、静子ちゃんにはとてもシンパシーを感じていたのです。〝同類〟だと思っていたんです。

でも、静子ちゃんの匂いは、夏休みが終わった頃から変わったんです。まさに、カースト上部の子たちと同じ匂いです。古着ではない服の匂い、あるいは、上質なシャンプーと石鹸（せっけん）の匂い。

どうしても気になって、ある放課後、静子ちゃんをつかまえて、訊いてみたんです。

「いい服だね。……買ったの？」

静子ちゃんは、自慢げに頷（うなず）きました。そして、

「ホナミちゃんも、欲しい？」

考えるより早く、私は頷きました。

「なら、……やる？」

「え？　なにを？」

「アルバイト」

「アルバイト……？」

「しっ、声が大きい」

静子ちゃんは、周りに誰もいないことを確認すると、私を教室の隅に連れて行きました。

「選ばれた人しかできないアルバイトがあるんだけど」

「選ばれた人？」

「そう」

「じゃ、静子ちゃんは、選ばれたの？」

「うん、そういうこと」

「じゃ、私も選ばれたの？」

「ホナミちゃんの場合は、ちょっと違う。数合わせ」

「……数合わせ？」

「だから、声が大きいって」

「ごめん」

「本当はさ、他の子を誘ったんだけど。もっと、可愛い子。でも、断られちゃって。仕方ないから、ホナミちゃんでいいかな……って」

「…………」

「今度の日曜日、暇してる？」

「うん、特に用事はないけど」

「じゃ、決まりだね」

「え？　決まりって」

「だから、アルバイト」

「え、でも」

「新しい服、欲しいんでしょ？　アルバイトすれば、すぐに買えるよ。私が着ているこの服も、アルバイトして買ったんだ」

「アルバイトして？」

その服は、北欧の雰囲気があるドット柄のワンピースで、駅前のデパートで見たことがあるものです。一万円以上はしたと思います。とてもじゃないですが、私には手の届かない代物です。それを、アルバイトして買ったと、静子ちゃんは言うのです。いったい、どのぐらいアルバイトすれば、そんな高価なものが買えるのか。

「一日アルバイトすれば、ヨユーで買えるよ。ラッキーなときは、半日アルバイトすればラクショー」

「半日で？」

「そう。気前のいい客につけばね」

「……客？」

「そう、おじさん。おじさんの話し相手をすればいいだけだよ。簡単なアルバイトだよ。あ、でも。もっと儲けたいときは、パンツをもってくるといいよ」

「パンツ？　……下着のパンツのこと？」

「そう。いつも穿いている、パンツ。古ければ古いほど、高く売れるよ」

小学六年生でしたが、それがなにを意味するのか、ぼんやりとイメージすることはできました。

まともなアルバイトじゃない。でも、

「大丈夫だよ。おじさんたち、みんな優しいし、ちゃんとした人たちだからさ。子供が好きな人ばかりで、子供を見ているだけで幸せな気持ちになれるんだってさ」

「……でも」

「おしゃべりしたり、ゲームしたり。すっごい楽しいよ？」

「……でも」

「新しい服、欲しいんでしょう？　誰も着ていない、新品の服が」

私は、葛藤の中、ゆっくりと頷きました。

「でしょう？　だったら、楽して稼ごうよ」

静子ちゃんの様子を見ていると、そんなに危険なことではないんじゃないか、そんなふうに思えてきました。むしろ、とても楽しいことなんじゃないか。おじさんたちとおしゃべりして、ゲームして。それだけで、新しい服が買える。こんなラッキーなことはない。

「でも、これは、他の人には絶対内緒だからね」

静子ちゃんは、私の耳元で囁きました。

「だって。こんなおいしいアルバイト、みんなに知られたら、私も私もって、殺到するじゃん？　ブスな子までやりたいなんて言いだしたらさ、困るんだよね」

「なぜ？」

「だって、このアルバイト、可愛い子じゃなきゃダメなんだもん」

つまりそれは、私が可愛いと認められたということです。私は、途端に有頂天になりました。

「うん、やる。今度の日曜日、そのアルバイト、やる」

私は、嬉しさのあまり、静子ちゃんの手を取りながら、そんなことを言っていたのでした。

静子ちゃんは、そんな私を見下ろすように、

「じゃ、今度の日曜日、午前十一時。小田急線町田駅の改札で、待ってるね」

その日曜日は、残暑の厳しい日でした。九月の下旬だというのに、半袖でも暑いような、そんな日でした。

私は、持っている服の中でも一番可愛い服を着て、待ち合わせ場所に行きました。ポシェットの中には、穿き古したパンツ三枚。静子ちゃんが言うには、うまくいけば、一枚一万円にはなるとのこと。こんなパンツがどうして一万円なのかまったく理解できませんでしたが、でも、そのときの私は、ただただ、服が欲しかった。デパートで見かけた、新作のダッフルコート。そして、チェックのワンピース。どうしても欲しかった。それらを手に入れるには、三万円はいる。

私は、とにかく必死でした。金の亡者になっていたといってもいいかもしれません。

大切な商品が入ったポシェットを揺らしながら待ち合わせ場所に行くと、意外な人がいました。

オザワさんでした。

オザワさんは、二年前に転校してきた子でした。私は、ほとんどしゃべったこと

がありません。カーストでいえば……。番外地という感じでしょうか？　カーストの枠からはずれたところにいました。

彼女は成績がよく、スポーツもできた。なにより、とっても可愛い子でした。いわゆる、美少女。

でも、何を考えているのか、まったく分かりませんでした。ミステリアスな雰囲気をまとっていたのです。オザワさんには、ある噂もあって、それがますます、彼女をミステリアスなものにしていました。

　その噂というのは。……オザワさんは〝里子〟だというのです。里子。誰が言い出したのかよく覚えていませんが、そのとき、はじめて聞きました。母親にそれとなく訊いてみると、

「親元を離れて、他の家で育てられる子供のことよ。あんたも、里子に出したほうがいいって、周囲に言われたもんよ。私は頑としてそれに応じなかったけれど」

もしかして、私も、オザワさんと同じ運命をたどったかもしれない？　バカな私は思いました。だったら、里子に出してほしかった。そしたら、もっとましな人生だったかもしれないのに。小学六年生で〝人生〟というのもなんだか大げさなんですが、当時の私は、自分の人生に諦めのようなものを感じていました。誕生日会も開けないぐらい貧乏だし、そのせいで友達も少ないし、服だってカビ臭いし、ご飯

のおかずだってスーパーの売れ残りだし。

でも、里子のオザワさんは、カースト上部の子と同じ匂いがしました。服もおしゃれだし、持っているものも可愛かった。彼女のポーチの中身を見たことがあるんですが、ソーイングセット、鏡、可愛いハンカチ、そして、携帯電話。当時、携帯電話を持っている小学生なんて、ほとんどいませんでした。

きっと、オザワさんの里親は裕福なんだろうな。こんな贅沢をさせてもらって、羨ましい。お金の苦労なんかないんだろうな。私も里子になりたかった。

……そんなふうに考えていたのに、待ち合わせ場所には、オザワさんがいたのです。

なんで？　なんで、オザワさんまでアルバイトに？

他にも、もうひとり、いました。他のクラスの子です。名前はちょっと忘れてしまったんですが、この子もちゃんとした身なりの子でした。なのに、なんでアルバイト？

「一人、二人、三人……。これで、全員、集まったの？　なんか、足りなくない？」

そう点呼したのは、オザワさんでした。

リーダーはてっきり、静子ちゃんだと思っていたんですが、違いました。静子ちゃんはオザワさんの陰に隠れて、すっかり存在感が薄れています。その様は、まさしくパシリのそれ。

「すみません。……もう一人来る予定だったんだけど、来られなくなったんです」

静子ちゃんが、まるで家来のようにそう答えました。

「マジで？　ノルマに達してないよ？」

「……すみません」

「まあ、いいか。時間ないし。じゃ、行くよ」

オザワさんが先導する形で私たちは小田急線に乗り込み、新宿へと向かいました。

車内で、オザワさんに言われました。

「ホナミちゃんさ。前々から思ってたんだけど、そのしゃべり方、なおしたほうがいいよ」

「え？」

「それじゃ、モテないよって言ってるの」

「どういうこと？」

「そんな低い声でぼそぼそしゃべるのはやめて、もっとトーンを上げて、甘ったるくしゃべってみ」

「………」

「ほら、アニメの声優さんが出すような声を出すんだよ。頭から突き抜けるように声を出すの」

「…………」

「ほら、やってみ」

その脅迫めいた指示に、逆らうことはできませんでした。私は、好きな魔法少女の声を思い出し、それを真似するように声を出してみました。すると、自分でも驚くほど、可愛らしい声が出たんです。なんだか自分も魔法少女になったような気分になり、自信まで溢れてきました。

「可愛いじゃん、それだよ、それ。忘れないで」

そんな感じで、新宿までの間、オザワさんはあれこれと、私たちに指導していきました。同じ歳なのにオザワさんはうんと大人びていて、その指導も的確で、私たちはすっかり、オザワさんの弟子のようになっていったのです。

新宿に着くと、オザワさんは携帯電話を取り出して誰かに連絡しました。すぐに私たちの前にワゴン車がやってきました。いかにも高そうな車です。オザワさんに促され、私たちは、車に乗り込みました。

「どこに行くの？」

そう質問したのは、違うクラスの子です。

「六本木」

そう答えたのは、運転席の男でした。

六本木？　子供心にも、なんだか危険な感じがしました。でも、今更、車を降りることもできず。

大丈夫、大丈夫。優しいおじさんとゲームしたりおしゃべりしたりするだけ。

……それだけだよ。横に座る静子ちゃんだって、どこか楽しげな表情をしている。

でも、やっぱり不安で、私は、ポシェットをかき抱きました。

車には二十分ぐらい乗っていたでしょうか。

「さあ、着いたよ」

運転席の男が、言いました。

そこは、雑居ビルが立ち並ぶ一角の、小さなマンションでした。『ウィークリーマンション』という文字がちらりと見えました。

そして――。

……すみません、これ以上は、ダメです。よく思い出せないのです。

……ごめんなさい、無理。

今日は、これで失礼します。

日高穂波（ひだかほなみ）

＊

「これって、もしかして、……二〇〇二年に六本木のマンションで起きた、モンキャット事件？」

紀和は、思わず、フリー記者のワタナベに電話をしていた。

「メールの主……日高穂波って人は、モンキャット事件で監禁された小学生の一人なの？」

「ええ、そうみたいですね。僕も驚きました」酒でも飲んでいるのか、ワタナベが、ろれつの回らない口調で言った。

「じゃ、珠里亜……月村静子もその一人だっていうの？」

確かに、珠里亜は、モンキャット事件となにかしら関わり合いがあるというような噂を、ネットの匿名掲示板で見たことはあるが。

「……でも、モンキャット事件で監禁されて救出された少女たちは、死亡しているか行方知れずって――」

紀和はパソコンの前に座ると、電話をしていることも忘れてしばらくは検索に没頭した。

三分ほど過ぎた頃、ある記事がヒットした。それは、事件当時、匿名掲示板に投稿された被害少女の名前と画像をまとめたものだ。一度は削除されたものらしいが、どこかの物好きがスクリーンショットで残していたものを、やはりどこかの物好きが拡散したらしい。

「ネットにある記事では、月村静子の名前も日高穂波の名前もないけど」

「ネット？　ああ、あれか。……それ、ダミーらしいですよ」

「ダミー？」

「はい。直接、日高穂波から聞いたんですけどね。彼女、まったく関係のない子の名前と画像をネットカフェから匿名掲示板にアップしたんだそうです、モンキャット事件の被害者だと。彼女がネットに晒したのは、カースト上部の子たちだそうです」

「え？」

「でも、その子たちは、名前を晒されたことをきっかけに、カースト上部から転げ落ち、いじめにもあい、一人は自殺、一人は事故死、一人は無理心中で親に殺され、一人は病気で死んでしまったんだとか」

「じゃ、亡くなったのは、事件とはまったく関係ない子だってことなのね」

「はい」

「なんで、日高穂波は関係のない子たちの名前を匿名掲示板に晒したの？」

「そうしなければ、自分がいじめられると思ったからですって。人生がめちゃくちゃになると思ったからだと。というのも、週刊誌やネットでは、自分たちがいけないことをしたから自業自得だって書かれて……、被害者なのに、まるで加害者のように言う人もいて……」

「確かに、そうね。あの事件は、謎が多かった。だから、いろいろと言う人もいた。被害者の少女に対しての誹謗（ひぼう）中傷も」

「怖かったんだそうです。見えない敵に殺されそうで」

「だからといって、まったく関係ない人を晒すなんて。……日高穂波がひとりでやったことなの？」

「投稿したのは、日高穂波ひとりだそうです。でも」

「入れ知恵した人がいるのね」

「はい」

「それは、誰？　もしかして、珠里亜……月村静子？」

「違います」

「じゃ、誰が入れ知恵したの？」

「……　〝オザワ〟だそうです」

「オザワ？」

紀和は、日高穂波のメールを頭の中で再生した。「……もしかして転校生で里子のオザワ？」

「はい。そのオザワに、自分を守りたかったら生け贄が必要だ……って言われたんだそうです」

「生(い)け贄(にえ)？」

「日高穂波いわく、『オザワさんは、本当に怖い人です。……吸血鬼のような人です。自分が生きるために、生け贄を常に探しているような人です』とのことです」

「……生け贄」

「いやー、それにしても。大収穫でした。実は、僕、ずっと〝モンキャット事件〟を追ってましてね。まさか、こんなタイミングで、事件当事者を捕まえることができるなんて。そういう意味では、麻乃先生には感謝しています」

「……生け贄」

「ところで、麻乃先生。情報をお渡しした代わりと言っちゃなんですが、先生が月村珠里亜にこだわる理由を教えてください」

「え？」

「もしかして、自殺した碓氷篤紀と関係ありますか？」

「………」

「噂では、碓氷篤紀の産みの母は他にいるとか」

「………」

「先生？　どうしました？　聞こえてますか？」

「ええ、聞こえています。……御察しの通り、碓氷篤紀を産んだのは、私です」

「やはり、そうでしたか」

「篤紀の父親と会ったのは、私がアメリカの大学にいたとき。彼は単身赴任中でした。カフェで出会った私たちは恋に落ち、一緒に暮らしはじめました。そして、妊娠。でも、彼は日本に帰ってしまって。残された私はひとり、篤紀を産みました。そして、育てました」

「が、碓氷家には跡取りとなる子供がなく、篤紀を引き取らせてほしい……と言われたのですね？」

「はい。篤紀が十六歳のときでした。当時の私にはまだ経済力もなく、私といるより父親の籍に入ったほうがいいと思ったんです」

「なるほど。やはり、そうでしたか。……だったら、月村珠里亜が憎いでしょう？　ネットで告発した月村珠里亜が。それが原因で、碓氷篤紀は自殺した」

「………」

「僕だったら、許せませんよ。地獄に突き落としてやりたいと思います。……実際、月村珠里亜は地獄に堕ちましたけどね。もしかして、先生――」

「私は、なにもしてませんよ。だって、彼女は、葉山の別荘で倒れたんですよね？　私はそのとき、四谷にいましたから」

「四谷？」

「ああ、もうこんな時間ですね。明日、テレビの生放送があるんです」

「もしかして、ＦＧＨテレビの昼帯ですか？」

「そうです。だから、もう寝なくては――」と、電話を切ろうとしたとき、紀和の頭の中に、唐突にある文字が浮かんできた。

　それは、篤紀の手の甲に書かれた文字だ。たぶん、ボールペンで書いたのだろう。篤紀の癖だ。あの子は小さい頃から、気になったことがあったら、手の甲をメモ帳代わりにする。

　そう、あれは、篤紀の遺体に最後の別れを言いに、篤紀の父親の手引きで葬儀屋の安置所に行ったときのことだ。エンバーミングが施されているのかそれは綺麗な体で、とても死んでいるとは思えなかった。それがかえって、痛々しかった。と、そのとき、手の甲の文字が見えた。「遺書のようなものですので、あえて消しませんでした」葬儀屋のスタッフの言葉がやけに生々しく聞こえた。……遺書？　もしかして、篤紀の最後の声？　でも、その割には、それはたった三文字。カタカナで〝オザワ〟。

「オザワ⁉」

紀和は、猛烈なスピードで情報を整理してみた。

小学生の月村珠里亜と日高穂波を〝モンキャット事件〟に巻き込んだオザワ。転校生で里子のオザワ。吸血鬼のようなオザワ。生け贄を常に探しているオザワ。そして、篤紀の手の甲に書かれた最後の文字は〝オザワ〟。

どういうこと？

全身から、汗が噴き出す。身体（からだ）中がかっかと燃えるように熱い。

「っていうか、オザワって何者なの⁉」紀和は、ほとんど叫んでいた。

「オザワは、里子で――」が、ワタナベは淡々と答えた。「『町田の聖夫婦』と呼ばれている、地元では結構有名な夫婦が里親のようです。えっと、確か、相川（あいかわ）――」

「町田の聖夫婦？」

「はい。何度もテレビで取り上げられている有名人です。先日もテレビに出ていましたよ。えっと。……ＦＧＨテレビのドキュメンタリー番組で――」

「ドキュメンタリー番組？　ＦＧＨテレビ？」

二章

4

どうしても納得がいかないことがあります。

どうか、聞いてください。

先日、FGHテレビで放送された、深夜ドキュメンタリー『町田の聖夫婦』についてです。

この番組では、町田市に住む相川さん夫婦を取り上げていました。

確かに、相川さん夫婦は、近所では「人格者」で通っています。「人格者」として、何度もテレビで紹介されました。いつだったか、公共放送のニュースにも出ていたことがありました。

だから、FGHテレビも、相川さん夫婦のドキュメンタリーを撮ったのだと思います。可哀想な身の上の子供たちを引き取り育てている、まるで「聖人」のような夫婦……という視点で。

たまたま、それを見ていた私は、心の中で「けっ」と舌打ちしてしまいました。ご存じでしょうか？　里親には、里子一人につき、年に多く見積もって二百万円ほどの生活費と手当が養育費として出ることを。

相川さんは、多いときで、一度に四人の里子を引き取っていました。そのときの養育費は、年に八百万円ほど。

八百万円ですよ！

相川さん夫婦は、よほど懐が潤ったのか、立派な家を建てました。

無職なのに！

そう、相川さん夫婦は、本当は無職なのです。相川さんのご主人は、表向きは「役者」なんて言っていますが、あんなの、ただの自称です。里親になる前は、奥さんがスーパーのパートに出て、生活を支えていました。

聞いた話だと、里親の条件はかなりゆるい。自己破産した世帯や生活保護世帯でなければ大丈夫なんだとか。つまり、誰でも里親になれるんです。そして、里親になれば、里子一人につき、年に二百万円の養育費が出るんです！

いつだったか、養育費が目的で里親になり、そして引き取った里子を虐待して殺したという事件があったと記憶しています。

もちろん、全員が全員、そんな里親ではないと思います。そう、信じたいです。

でも、中には、養育費目的で里親になる鬼畜も存在します。

私は、相川さん夫婦が、まさにそうだと確信しています。

相川さんは、ろくに働きもせず、里子を次から次へと引き取っては、高額な養育費を受け取っています。そして、その養育費を里子の養育ではなくて、自分の子供の学費や養育に充てているようなのです。

相川さんには、実子が一人いますが、その子は小学校から私立に通っています。今は大学院生ですが、たぶん、里子の養育費として支給されたお金で、行かせているんだと思います。

一方、里子たちは、普通の公立に通っています。服も粗末で、食事もあまり与えられていないのか、コンビニでパンを万引きした子もいました。

なのに、ドキュメンタリーでは、そんなことにはまったく触れていませんでした。それどころか、わざとらしく和気藹々(あいあい)と食事をしたり、仲良く遊園地に行ったりして。さらに、拾ってきた子猫を飼う飼わないで家族会議なんか開いちゃったりして。

やらせですか？

捏造(ねつぞう)ですか？

それとも、こんなことを考える私の心が汚れているのでしょうか？

＊

ＦＧＨテレビ貴賓室。

テーブルの上には、古めかしいポータブルのテープレコーダー。

再生が終わったことを確認すると、富岡比呂美（とみおかひろみ）は、ふぅぅぅと、ようやく力を抜いた。

「……今、お聞かせしたのは、昨夜、留守番電話に入れられていた視聴者のご意見です」

テーブル向こうの男が、無表情で言った。

「これ一件でしたら、ただのイタズラ、または近所の人の妬み嫉みということで、参考にはするものの、審議の対象からは外すのですが」

男は、手首に巻きついた金色の数珠を揺らしながらテープレコーダーを引き寄せた。それにしても、やたらとがたいがいい。小柄なのに、どこかバッファローのような迫力がある。

男の名前は、高野光輔（たかのこうすけ）。先ほど、名刺をもらったばかりだ。名刺には、『放送モラリティー機構』とある。通称ＢＭＯ。テレビやラジオの放送倫理を審議する組織だ。公共放送と民放各局が出資して設立された任意団体ではあるが、なかなかに手厳しい勧告を食らうことがあり、放送に携わる者にとっては畏怖の対象にもなっている。

しかも、名刺によると、高野光輔は「事務局長」。

実質上の、ナンバーワンだ。

比呂美は、鳩尾(みぞおち)に、そっと手を添えた。ここ最近、胃痛がますますひどくなっている。プロデューサーに昇格してからというもの、体調が悪くなるばかりだ。昇進と引き換えに、なにか大切なものを失った気がする。

「……ということは、ご意見は、他にもあると?」

比呂美は、無理やり笑みを作ると言った。が、それが悪かったのかもしれない。

高野事務局長の目に、なにやら敵意が宿る。

「これは、笑い事ではありませんよ?」男が、手首に巻きつけた金色の数珠を撫(な)で付けた。

「いえ、そういう意味では……」

「おたくの局は、どうも、視聴者のご意見を軽視する傾向にある。前にも、バラエティ番組の行き過ぎた暴力表現が問題になりましたが、特に改善することなく、問題を棚上げにしてしまった」

「は……」

「確かにうちは、法的な権限は持ちません。内容を審議し、勧告するだけです。ですが、それを無視し続けると、出るところに出ることにもなります」

「は……」

比呂美は、これ以上ないというほど、恐縮してみせた。が、傍からみたら、不機嫌顔で教師の説教をやり過ごしているふてぶてしい生徒のようにも見えるのだろう。この体型のせいで。

去年あたりから、脂肪の暴走が止まらない。不規則な食生活も影響しているのだろうが、やはり、更年期というのが一番の原因だろう。呼吸しているだけで脂肪がつくような気がする。娘には、「肥満の呪いをかけられたんじゃないの？　悪い魔女に」などと、バカにされる始末。

それでなくても、身長百七十センチ。筋肉質で、骨もしっかりしている。さながら、女子プロレスラーのような風格だ。……しかも悪役の。人相もよくない。特に、この細い目。いつでも人を睨みつけているような印象を与えてしまう。十代の頃は、そのせいで、不良たちに散々目をつけられた。街を歩けば、「ガンとばしてんじゃねーよ！」と、喧嘩をふっかけられたり。

目の前の事務局長もまた、そのときの不良のように、身構えながら鋭い視線を飛ばしてくる。

比呂美は慌てて、手元の老眼鏡を手にすると、それをかけた。黒縁の丸眼鏡で、これをすると少しは印象が柔らかくなる。

「……それで、ご意見は、まだあるんですか？」

そして、蚊の鳴くような小さな声で、改めて質問してみた。

「あります。この一週間、留守番電話だけで、百二十五件——」

事務局長は、紙袋をテーブルに載せた。お馴染の、某百貨店の紙袋だ。

一瞬、お土産か？　とも思ったが、違った。紙袋の中には、テープと封書がごっそりと入っている。

……お土産をちょっぴり期待した自分が恥ずかしい。自然と、顔が赤くなる。

それにしても、今時、テープだなんて。まさか、留守番電話も、昔ながらのアナログなやつなんだろうか？

さすがに、それはないだろう。……でも、あり得るかもしれない。なにしろ、BMOの事務局のスタッフは、みな、天下り組だ。つまり、定年退職後にアルバイト感覚で再就職した人たちばかりで、その平均年齢は七十を軽く超えている……と聞いたことがある。目の前の事務局長も、がたいはいいが、よくよく見ると後期高齢者。七十代後半か、もしかしたら八十歳を過ぎているかもしれない。

そんな連中が運営しているのだ、使い慣れたアナログの留守番電話を未だに使用していてもおかしくない。

いずれにしてもだ、このテープを今から、全部聞かされるのだろうか？

比呂美は、ゆっくりと頭を振った。

ああ、まったく、ついていない。とんだとばっちりだ。

クレームの対象になっている『町田の聖夫婦』は、確かに、先週、うちの局が放送したものだ。そして、そのクレジットには、自分の名前が連ねられている。しかも、最後に。そう、局プロデューサーとして。

が、正確には、前任者が担当していた番組で、自分はその制作にはまったくタッチしていない。そう、突然、前任者が子会社に飛ばされ、急遽、その後釜に座ったにすぎないのだ。

……そんなことを言ったとしても、ただの言い訳にしかならない。そもそも、途中でプロデューサーが替わったことはこちらの都合であり、クレジットの最後に私の名前が記された時点で、全責任は私にあるのだ。

……はあ、だからって。

比呂美は、目の前の男に気付かれないように、そっとため息を吐き出した。そして、チェック柄の紙袋の中身を、ぼんやりと見つめた。改めて、すごい数だ。封書の中には、動物愛護団体らしき名前も見える。

……マジか。

……こんなにクレームがくるなんて。

……番組自体は、悪い内容ではなかった。むしろ、感動的な仕上がりだったのに。

なぜ？

「このテープはコピーです。わかりやすいように、一本につき、ひとつのご意見を録音しておきました」

面倒なことをするもんだ。それとも、暇を持て余しているのか？

「とりあえず、テープは、お預けしておきます。よくよく内容を精査し、そしてどこが悪かったのか、皆さんで検討してください。こちらでも委員会を開き、審議にかけます」

「は……」

「ああ、それと。ファクスで送られてきたご意見も、この中にありますので」

紙袋の中をよくよく見てみると、奥のほうに何か紙の束が見える。……これまた結構な量だ。これがすべて、ご意見……クレームというわけか。

はぁぁ。

重ね重ね、なんでこんなにクレームが？

あ、もしかして。ネットで炎上しているのか？　そして、「クレームを入れようぜ」などと、誰かが扇動している？

＊

当たりだった。

それは、悪名高き匿名掲示板だった。

「やっぱり、これか……」

ＦＧＨテレビは、どういうわけか、ネット民に嫌われている。特に、この匿名掲示板を根城にしている名無しの民たちに。前にも、この掲示板が火元になって、あるニュース番組が炎上したことがある。悪いことにニュースのメインキャスターの不倫までもが発覚し、大炎上。そしてそのニュース番組は、打ち切りとなった。局プロデューサーは左遷。制作会社のプロデューサーも、どこぞに飛ばされたと聞く。

「うそでしょう……。私も、早々に左遷とかされちゃうの？」

背中に、生温かい汗が幾筋も流れる。

比呂美は、先ほど下の階のカフェコーナーで買ってきたアイスコーヒーを手にすると、それを氷ごとがぶ飲みした。

「富岡さん、どうしました？」

斜め横に座るアシスタントプロデューサーの西木健一が、恐る恐る訊いてきた。

「あ！」

比呂美は、西木のほうに体を向けた。

この男は、『町田の聖夫婦』の制作に、最初から携わっている。どうしてこれだけ炎上したのか、なにか理由を知っているかも。

「ね、西木くん、今、空いてる？」

「え？」

「ちょっと、いいかな？　訊きたいことがあるの」

そして、視線だけで、向こう側のミーティングスペースを指し示した。

「ああ、やっぱり」

ことの次第を簡単に説明すると、西木はおもむろに腕を組んだ。

「やっぱりって、なによ⁉」

比呂美は荒々しく声を上げた。が、すぐに声をひそめた。「やっぱりって、どういうこと？」

なにしろ、ここはパーティションで区切られただけのスペース。周囲に丸聞こえだ。以前は、恫喝(どうかつ)や怒声も鳴り響いていたものだが、コンプライアンスに煩(うるさ)い昨今だ、少しでもその疑いがあればパワーハラスメントの烙印(らくいん)を押され、最悪、どこかに飛ばされてしまう。前任のプロデューサーがまさにそれで、突然飛ばされた。おかげで、万年アシスタントプロデューサーといわれていた自分がプロデューサーに出世したわけだが、今思えば、アシスタントの立場のほうがよかったように思う。下にいるより、上にいるほうがリスキーな世の中だ。以前なら、言いたいことが言えて、文句も愚痴も言いたい放題だったが、今、それをやったら、すぐさま人事部に呼ばれる。まさに、強肉弱食の時代なのだ。

　比呂美は、まるで上司のご機嫌を伺う腰巾着部下のような口調で、一回り以上も年下の西木に訊いた。

「ね、西木くん。『やっぱり』というのは、どういうことかな？」

「ですから――」西木は、威丈高に脚を組むと、「『町田の聖夫婦』は、〝ユイットメディア〟の企画で――」

　〝ユイットメディア〟とは、市谷にあるドキュメンタリー制作会社だ。

「――制作も〝ユイットメディア〟なんですが、でも、もともと企画を提案したのは、どうやら、飯干(いいぼし)さんらしいんですよ」

　飯干というのは、前任のプロデューサーだ。

「それが原因か、〝ユイットメディア〟は、あんまり乗り気じゃなかった感じだったんですよね……。〝ユイットメディア〟のプロデューサーが、ぽろりと漏らしていましたよ。『ああ、うちもこれで終わりかもな……』って」

「終わり？　それって、どういうこと？」

「だから、やらせですよ、やらせ」

「やらせ？」

「そう、やらせ」

西木は、スキャンダルを楽しむ傍観者のようにニヤリと笑った。

「だから、飯干さん、さっさと逃げたんじゃないですか？」

「逃げた？」

「そうですよ。やらせが発覚したら、ただじゃすまないでしょう？　下手したら、懲戒解雇。そうなれば、再就職も難しいじゃないですか。だから、その前に避難先を確保して、さっさとそっちに行っちゃったんですよ。局プロデューサーの身分なら、どの制作会社もちゃんとしたポストを用意してくれるでしょうからね。実際、飯干さん、取締役待遇で、ＦＧＨテレビの子会社に天下ったじゃないですか」

「え？　……飛ばされて出向になったんじゃないの？」

「違いますよ。飯干さん自ら、あっちに行ったんですよ。火の粉を被らないようにね」

「……そんな」

「富岡さんも、とんだ災難でしたね。飯干さんの尻拭いさせられる羽目になって」

「……尻拭い」

「この件は、簡単には済みませんよ。BMOも出動したわけだし、ネットでも大炎上している。誰かの首が飛ばない限り、鎮火しないと思いますよ」

「……そんな」

比呂美は、拳を作ると鳩尾に押し付けた。胃が焼けるように痛い。まるで、焼いた石をいくつも呑み込んだようだ。が、比呂美はそれを押し隠し、笑みすらたたえながら、

「ちなみになんだけど。……なんで、やらせなんか？　いや、そもそも、なんでこの企画を？」

「質問は、どっちかひとつにしてもらえません？」

「あ、ごめんなさい。……じゃ、なんでやらせなんかを？」

「やらせなんて、ドキュメンタリーにはつきもんじゃないですか。現実をフレームで切り取った時点で、なにかしら演出が入っているわけですから。違いますか？」

「まあ、確かにそうだけど」

「それに、何時間も撮ったものを、三十分番組に編集するんですよ？　その編集そのものが、すでに演出ですよ、やらせですよ。違いますか？」

……そんなの分かっている。私が言いたいのはそうではなくて。ネットが炎上するような、そしてクレームがわんさかくるようなあからさまなやらせを、どうしてしたのかってことだ。……あんたみたいな青二才に、なんで、ドキュメンタリーとはなんぞや……的なことをレクチャーされなくちゃいけないんだ。

ああ、腹たつ。

が、比呂美はもちろん、そんな本音は一ミリも顔に出さずに、改めて、質問した。

「多少のやらせだったら、視聴者も目を瞑ると思うの。大前提が〝真実〟ならばね。でも、視聴者がやらせだと騒ぐときは、それは〝真実〟とはかけ離れている場合じゃない？」

「まあ、そうなりますね」

「私が訊きたいのは、そこなのよ。ズバリ、〝真実〟か〝虚偽〟か」

「……その二択なら、後者ですね」

マジか。比呂美は、一瞬、絶句した。が、すぐに気をとりなおすと、

「つまり、〝虚偽〟を、〝真実〟として放送してしまったということ？」

「簡単にいえば、そうなりますね」

「どの辺が、〝虚偽〟だったの？」

「ほぼ」

「ほぼ⁉」

比呂美は、ほとんど絶叫していた。

その声量に驚いたのか、西木は組んでいた脚を解いた。そして、それまでの不遜な態度から一転、おどおどと二の腕をさすりはじめた。

「……いや、でも、相川さん夫婦は、本物ですよ。実際に、町田のあの家に暮らしています。そして、里親にもなっているようです。のべ四十人以上の里子を預かったというのも本当のようです。自分で言ってましたもん。我々は、〝プロ里親〟だって」

「じゃ、どの辺がやらせなの？」

「……里子の振る舞いとか」

「まさか、里子たちに、演技をつけた？」

「ええ、まあ」

「どのぐらい？」

「割と、たくさん」

「まさか、シナリオを用意したとか？」

「……ええ。……というか、僕が書きました」

「は？」

「だって、飯干さんに命令されましたから！　僕はいやだったんですけど、でも、飯干さんに睨まれたら怖いですから！」

西木がいきなり、大声を張り上げた。このままでは泣き出してしまうかもしれない。そうしたら、間違いなくパワハラ認定されてしまう。

比呂美は、子供をあやすように、言った。

「うん、分かっている。あなたは悪くない。全然悪くない」

「……ですよね？　僕、悪くないですよね？」

「うん、悪くない。全然悪くないよ。……で、実際には、どんな感じだったの？　里子たちは。シナリオを用意するぐらいだから、なにか問題があったんでしょう？」

「そうなんですよ、問題だらけだったんですよ！」

西木は、またもや脚を組んだ。

「なんていうか、里子たち、全員が人形のようでしたね。まるで表情がなくて、ほとんどしゃべりもしないんです。これじゃ、画にならないからって、飯干さんがシナリオ書け！　って言い出したんです。で、書きはじめたら、なんだか乗ってきちやって。『町田の聖夫婦』っていうタイトルは、実は僕が考えたんです。身寄りのない里子たちを何人も引き取って育てる聖夫婦。そういう設定にしたら、筆が止まらなくなっちゃって。で、最後の、猫を拾ってきて、それを飼う飼わないの感動シーンも、僕の創作です。……結構、自信があったんですけど。……でも、里子がうまく泣いてくれなくて、困りました。それで、ちょっとほっぺたを叩いたりして」

「暴力も振るったの⁉」

「いえ、僕じゃないですよ、飯干さんですよ！」

「まさか、あの子猫も、やらせ？」

「はい。保護施設から、借りてきたんです。あの猫もシナリオ通りなかなか動いてくれなくて。難儀しました。で、ガムテープで床に貼り付けたりして。その様子を、偶然、保護施設の人に見られて、めちゃ叱られました」

　それでか。……クレームの中に、動物愛護団体の名前があったのは。

「でも、あのシーンはリアルです」西木は、胸を張った。「ほら、成長した元里子が、相川さん夫婦を訪ねてくるってやつ。あれは、仕込んでいません。えっと確か……オザワ、そう、オザワさん」

　オザワ？　ああ、そういえば、そんなシーンもあったっけ。白いワンピース姿の美女が菓子折りを持って相川さんを訪ねてきて……といっても、マスク姿なので本当に美女かどうかは分からないけれど、でも、どことなくあの女優に似ていた。

……えっと、あの女優の名前、なんだっけ？　えっと——。

「あ……、もう、そろそろ行っていいですか？　僕、仕事があるんで」

仕事って、なによ。あんた、私のアシスタントでしょう？　私、あんたになにも仕事振ってないわよ？

「聞いてません？　僕、来週から、報道に行くんですよ。ようやく、念願が叶いました。で、早速、手伝いを頼まれちゃって。……ほら、四谷の高級マンションで起きた、大量殺人事件。その取材を手伝わなくちゃいけないんですよ。あまりに被害者が多いんで、被害者のプロフィールを探るのに、猫の手も借りたいって、泣きつかれて」

「…………」

「じゃ、これで」

そして、西木は、脱兎のごとく、飛び出していった。

残された比呂美を、酷い脱力感が襲う。

とにもかくにも、問題山積みだ。

いったい、どこから手をつければ。

手帳を無闇にめくりながら途方に暮れていると、

「比呂美、いる？」

と、見慣れた顔が、ドアの隙間からひょこっと現れた。

アナウンサー部の山城貴代だった。比呂美の同期だ。

「貴代ぉ～」

比呂美は、救助隊に見つけられた遭難者のごとく、貴代に抱きついた。

「どうしたの？」

「もう最低、とにかく、最低なのよ。最低すぎて、訳がわかんない！」

「昇進したとたん、なにかあった？」

「あった……なんてもんじゃない。私、首が飛ぶかも」

「なにをやらかしたの？」

「私じゃないわよ、私はなにもやってないわよ！　嵌められたのよ！」

「嵌められた？　なんか、物騒な話ね」

「ね、聞いてくれる？　生放送、もう終わったんでしょう？　だったら、今から——」

「うん、わかった。今度、ゆっくりお酒でも飲もう。そのときに聞くからさ。そんなことより、ちょっと頼みがあるんだけど」

「頼み？」

「麻乃紀和、知っているでしょう？」

「え？　うん、もちろん。アメリカ仕込みの心理カウンセラーで、今、引っ張りだこじゃない。テレビで彼女を見ない日はないわよ」

「私が担当している昼帯の生放送でもお世話になっていて、今日も、コメンテーターとして出演してもらってたんだけど。……その麻乃紀和がね、比呂美に訊きたいことがあるんだって」

「なにを？」

「なんでも、『町田の聖夫婦』という深夜ドキュメンタリーを見逃し配信で見たらしくて、それについて――」

「まさか、麻乃紀和もクレームを？」

比呂美は、慄いた。麻乃紀和といったら、今、最も影響力のある文化人だ。彼女のコメントひとつで、株価が上がったり下がったりするほどだ。そんな人にまでクレームを言われたりしたら、完全に、アウトだ。比呂美は手帳をかき抱いた。

「安心して。クレームじゃないから」貴代が、比呂美の肩をぽんと叩いた。「なんでも、そのドキュメンタリーに出演していた人について、訊きたいことがあるんだって」

「出演していた人？」比呂美は、手帳をさらに強くかき抱いた。

「とにかく、今すぐ、下のカフェコーナーに来てくれない？　麻乃紀和を待たせてあるからさ」

＊

そして、比呂美は強引にエレベーターに乗せられ、カフェコーナーに連れてこられた。

麻乃紀和の姿はすぐに見つかった。窓際のテーブル、テレビ用のメイクのまま、イライラとした様子で手帳に何かを書き込んでいる。

「麻乃先生、お待たせしました。担当の者をお連れしました」

比呂美の姿を認めると、麻乃紀和は挨拶もなしに、言った。

「オザワっていう女性について、教えてもらいたいんだけど！」

あまりに唐突で、呆然としていると、

「深夜のドキュメンタリーに出ていた人よ。『町田の聖夫婦』という番組に。ほら、最後のほうにちらりと映った、白いワンピースを着ていた女。……あのオザワって人は、どういう人なの？」

と、麻乃紀和が早口でまくし立てた。

「ね、どういう人なの？　あのオザワって女は？」

その剣幕に、比呂美はただ怯むしかなかった。

「……は？　……は？」

と鶏のように頭を上下させて、笑うのが精一杯だった。

「と、……とりあえず、座りましょう」

同期の山城貴代が助け舟をだしてくれるが、混乱した比呂美の体はかちこちに固まってしまっている。

そんな比呂美に追い打ちをかけるように、

「オザワって何者なの⁉」

と凄む麻乃紀和。

「……ああ、麻乃先生。なにか、甘いものでもいかがですか？　ここのチーズケーキ、美味しいんですよ！　高級ホテルのパティシエが作っているんですよ！　あ、今、買ってきますね！」

山城貴代が、そんなことを言って場を和ませようとするが、

「いらないわ。チーズ、苦手なの」

と、麻乃紀和はあっさり斬り捨てた。そして、しばし比呂美を睨みつけていたが、ふと唇を綻ばせると、

「……ごめんなさい。ちょっと興奮してしまったようね。……ああ、本当に恥ずかしいわ」

と、テレビで見るいつもの笑顔を作った。「とりあえず、お座りくださいな」

促されて、比呂美は、そろそろと椅子に腰を下ろした。

「ああ、そうそう。ここはアップルパイも美味しいと聞いたわ。アップルパイなら、大好きよ」

麻乃紀和の言葉に、山城貴代がすかさず反応。「そうなんです！　アップルパイも美味しいんです！　じゃ、今すぐ、買ってきますね！」

山城貴代の姿が消えると、

「さきほどは、ごめんなさいね。大きな声を出してしまって」

と、麻乃紀和はうってかわって優しい口調で言った。

「……いいえ」

「じゃ、改めて質問させて。……『町田の聖夫婦』という番組に出ていたオザワっていう若い女は、何者かしら？」

「あ……。すみません。こんなことを言ったら無責任だと思われるかもしれませんが、私、よく知らないんです」

「知らない？　どうして？　山城さんが、言っていたわよ。あなたがあの番組のプロデューサーだって。それとも、違うの？」

「確かに、そうなんですが。……でも、あの番組には直接関わっていないっていうか……」

「どういうこと？　局プロデューサーなのに関わってないって？」

「というか……」

「つまり、こういうこと？　制作会社に丸投げして、局はまったく関与しなかったってこと？」

「いえ。……実は、前任者が放送直前に突然、退職いたしまして。それで、急遽、その後釜に座ったのが私なんです……」

「じゃ、あなたの前任者はとんずら？」

「はい」

「で、後任のあなたは何も知らない？」

「はい」

「それって、あまりにも無責任だと思うんですけれど」

「……おっしゃる通りです」

「じゃ、もっと上に訊けばいいのかしら？　例えば、編成局長とか？」

「え？」

「だって、そうでしょう？　前任者も後任者もあてにならないなら、その上に訊くしかないじゃない」

そんなことをされたら、大事（おおごと）だ。比呂美は、祈るように両手を合わせた。

「責任は、プロデューサーの私にあります。なので、先生のご質問には、私が責任をもって、お答えします」

比呂美は手にしていた手帳を広げると、ペンの先を押し付けた。

「ご質問を、もう一度、お願いします」

「質問はひとつよ。オザワっていう女は何者か」

オザワ、何者？

比呂美は、ペンを走らせた。

「あ、それと、もうひとつ。できたら、オザワが今どこでなにをしているのかも知りたいわ」

オザワ、今、どこで、何を？

ここでペンを止めると、比呂美は顔を上げた。

「分かりました。早急に調べて、お知らせいたします」

「よろしくね」

「……あ、ちなみになんですが。なんで、〝オザワ〟という人が気になるんでしょうか？」

「え？」

麻乃紀和が、じろりとこちらを見た。

「あ、いえ、……すみません。今のは忘れてください」

「ある事件があってね――」が、麻乃紀和は視線を緩めると、案外あっさりと教えてくれた。「――その事件を追っているうちに、オザワという人物に突き当たったのよ。そのオザワは里子で、小学生のときには町田に住んでいた。捜していたら、今回の番組が引っかかったってわけ」

オザワ、里子、小学生、町田……

比呂美の手が、自動書記のように麻乃紀和が発するキーワードを次々と記していく。そのペンの動きに合わせるように、麻乃紀和は続けた。

「もしかして、番組に出てきた〝オザワ〟は、私が捜していた〝オザワ〟なんじゃないかって、そう思ったの。だから、どうしてもその素性を確かめたくて。……事件の真相を知るためにも」

事件の真相……

比呂美の手が、ふと止まった。

「あの、事件って？」

麻乃紀和が、またもやじろりとこちらを見た。

「いえ、あの……」

あたふたしていると、

「お待たせしました！」と、山城貴代がトレイを持って戻ってきた。トレイには、アップルパイ。が、

「ああ、ありがとう。美味しそう。……でも、もう行かなくちゃ」

と、麻乃紀和が突き放すように席を立つ。そして、

「じゃ、よろしくね」と、比呂美の前に、一枚の名刺を置いていった。

残されたのは、女二人とアップルパイ。

「なに？　どういうこと？　……比呂美、なにか変なこと言って、怒らせた？」

「まさか。むしろ、頼まれた」

「頼まれた？　なにを？」

「……まあ、なんていうか……」

言葉を濁していると、

「もしかして、……ストーカーのこと？」

は？　ストーカー？　意味が分からず固まっていると、

「そうか。やっぱり、ストーカーのことか……」

と、山城貴代が、ひとり納得した様子で、うんうんと頷いた。……彼女はこういうところがある。なんでも独り合点して、話を進めてしまうのだ。

今もそうだ。頷きながら、どんどん話を進めていく。

「ほら、麻乃紀和って、ここ一年ぐらいで急に人気が出てきたでしょう？　いわゆるぽっと出だから、なにかとアンチも多いんだよね。業界にも敵が多くてさ」

「そうなの？」

「うん。麻乃紀和との共演NGの人も結構いてさ」

「へー、そうなんだ。……っていうか、麻乃紀和って、どうしてテレビに出るようになったの？」

「加瀬淑子の紹介なのよ」

「うそ」

比呂美の顔が、引きつる。……加瀬淑子っていったら、泣く子も黙る大物占い師。「あなた、不幸になるわね」が口癖で、そのネガティブな鑑定がかえって受けて時代の寵児となった。レギュラー番組もいくつも持っていて、比呂美が新人の頃、一度だけ番組で一緒になったことがある。そのとき、「あなた、不幸になるわね」と言われてしまった。それが、今でもトラウマだ。実際、それ以降、不運続きだ。が、その加瀬淑子は数年前に突然テレビから姿を消した。

「加瀬淑子にとっては、テレビなんてお遊びのようなものだから。飽きちゃったんでしょう。でも、今でも、テレビ局の上層部とは太いパイプがある。そんな人の紹介だもの、麻乃紀和を使わないわけにはいかないのよ」

「そんな事情が……」

「それに、麻乃紀和は使い勝手がいいのよ。こちらが期待するようなコメントをしてくれるし、なにより、ギャラが破格の安さ」

「文化人枠は、そもそも安いでしょう？」

「文化人枠より安いのよ。ここだけの話、……うちなんて、一万円」

「一万円！　そんなに安く？」

「そう。……聞いた話だと、麻乃紀和、来年の都知事選に出馬するらしいよ。で、今は顔を売っている真っ最中なんだって。だから、破格のギャラであちこちに出演しているってわけ」

「なんか、そのやり口、ちょっとずるくない？」

「そうなんだけど。でも、このご時世でしょう？　制作費もどんどん削られているからさ。麻乃紀和のような人は重宝なのよ」

「でも、なんかやっぱり、納得いかないな……」

「そう、それ。そういう風に考えている人が結構多くてね、業界内だけでなく、視聴者にもアンチが多いのよ。ネットの匿名掲示板なんかじゃ、麻乃紀和の誹謗中傷スレッドがいくつも立っている」

「ああ、なんか、分かる気がする。あの人、物言いがちょっと、鼻につくのよね」

「でしょう？　だから、アンチに目をつけられたんだと思うんだけど」

「目をつけられた？」

「だから、ストーカーよ。麻乃紀和は、ストーカーに悩まされているのよ。間違いない。だって、今日の生放送だって、ずっと様子が変だったもの。なにかあったんですか？　って訊いたら、いきなり『町田の聖夫婦』の話になって。で、比呂美に会わせろ……って。ストーカーとなにか関係があるのかもね」

「っていうか、ストーカーって？」

「え？　ストーカーのこと、麻乃紀和から聞いてないの？」

「うん、特には」

「なんだ、……そうか。なら、いいや」と言いながらも、その口は言いたくて仕方ないというふうに、蠢（うごめ）いている。

「ちょっと待ってよ。……気になるじゃない。ね、教えてよ」比呂美が、強請（ねだ）るように言うと、

「……実はさ」と、山城貴代はあっさりと口を割った。

「今朝のことなんだけど。局の正面玄関で幽霊のように佇んでいる初老の女の人がいてね」

「入り待ち？」

「私も最初はそう思って。警備員さんを呼んで、対応してもらったんだけど。……警備員さんが『誰を待っているんですか？』って訊くと、『麻乃紀和を待っている。麻乃紀和に会わせろ。訊きたいことがある』って。その剣幕が尋常じゃなかったから、『警察、呼びますよ』って、警備員さんが言ったのね。そしたら、『警察、ぜひ、呼んでください。そのほうが助かります』って、開き直ったのよ。警備員さん、困っちゃって。『麻乃紀和は、今日は来ませんよ』って嘘をついて、追い返そうとしたんだけど。……ちょうどそのとき、私、その女の人と目が合っちゃって。それで、今度は私が捕まったというわけ」

「マジ？」

「マジよ。マジ。その女の人、完全に目がいっちゃってて、これはマズい……と逃げようとした瞬間、茶封筒を渡されたのよ」

「……茶封筒？」

「そう。麻乃紀和に渡してくれって。……たぶん、手紙が入っているんだと思う。ファンレターなのか、それとも――」

「やだ。カミソリとか入っていたりして」

「でしょう？　なんだか怖くて……」

「で、その茶封筒、どうしたの？」

「一応、今も私が持っているんだけど。だって、カミソリとか入っていたらヤバいじゃない。それで麻乃紀和が怪我とかしたら、私のせいになっちゃう。そうなったらどうしよう？　……どうしたらいいと思う？」


そんなこと言われても。……面倒に巻き込まれるのは御免だ。比呂美は、咄嗟に話題を変えた。


「それはそうと、そのアップルパイ」比呂美は、視線だけで、今にも干からびそうなアップルパイを指した。

「あ、そうだった。……これ、比呂美がどうにかしてくれない？」

「えー、私、ダイエット中なんだけど。……仕方ないな——」

5

自分の席でアップルパイをかじっていると、

「富岡さん、さっき、なにを話していたんです？」

と、アシスタントプロデューサーの西木健一が声をかけてきた。

「あなた、報道の仕事があったんじゃないの？」

少々、厭味を含ませて言ったが、西木は特に気にする様子もなく、

「ああ、それは終わりました。……そんなことより、さっきは、なにを話していたんです？」

「さっきって？」

「下のカフェにいたじゃないですか」

「あなたもいたの？」

「はい。報道チームと打ち合わせをしていたんです」

「ああ、そう」

「で、麻乃紀和となにを話していたんですか？　ちらりと聞こえましたよ。町田の聖夫婦とか、オザワとか――」

「ああ、それは……」

「麻乃紀和の気迫。あれは、普通じゃなかった。めちゃくちゃ恐い顔をしてましたよね」

「でしょう？」

「テレビで見るとあんなに優しそうなのに。ビビりましたよ」

優しそう？　へー。男からはそういう風に見えるんだ。同性から見たら、作り笑顔の上手な、裏のある女……という印象だけど。……まあ、そんなことはどうでもいい。

「ね、西木くんは、『町田の聖夫婦』のドキュメンタリーに、最初から最後まで立ち会ったのよね？」

「ええ、まあ、そうですけど」

「だったら、ちょっと訊きたいことがあるんだけど――」

比呂美は、アップルパイの代わりに手帳を手にすると、西木をミーティングスペースへと連れ込んだ。そして、

「で、早速なんだけど――」比呂美は手帳を広げると、「〝オザワ〟という人物について、教えてくれない？　白いワンピース姿でマスクをして、菓子折りを持って相川さんを訪ねてきたあの美女。あれも、もしかして〝仕込み〟？」

「違いますよ。さっきも言ったけど、あれは本物。たぶん、里親の相川さんが呼んだんじゃないかな。……というか、僕は撮影の場にはいなかったんですけどね」

「え？　そうなの？」

「だって、撮影が終了して、さあ帰るぞってときに、突然現れたんですよ。僕、その日、どうしても抜けられない用事がありまして。だから……」

「そのまま帰った？」

「はい。だって、飯干さんが、帰っていいって。……だから、あのワンピースの女性のことは、よく知らないんですよ」

「じゃ、その〝オザワ〟が、今、どこでなにをしているかは分からない？」

「ああ、それは分かりますよ。出演許可の確認書に記入してもらいましたから」

「それは、どこ？」

「僕は、知りません」

「は？」

「そういうことは、制作会社が仕切っていますので」

「じゃ、ユイットメディアに？」

「はい、そうです」

「じゃ、それ、もらってきてよ」

「え？　僕が？」

「だって、あなた、今はまだ私のアシスタントなんだよ？　ちゃんと仕事してくれなきゃ」

「まあ、そうですけど」

「報道局に行くのは、来週でしょう？　まだ五日残っている。それまでは、あんたはここの人間なんだからね」

「えー、でも。……僕、四谷の事件で忙しいんですよね」

「例の高級マンションで起きた大量殺人事件でしょ？」

四谷の事件なら、比呂美も気になっていたところだ。聞いた話だと、八つの死体は切り刻まれ、八つの首が浴槽に並べられていたという。

「あの事件、不思議よね……。なんだって首を……」

「ほんと、不思議な事件なんですよ」

「で、西木くんは今、四谷の事件のなにを探っているの？」

「知りたいですか？」西木の瞳に、ようやく〝テレビマン〟の光が灯(とも)った。「さっきも言いましたけど、被害者についてなんですけどね」

「うん。……で？」

「年齢も職業もバラバラ。いったい、どういう接点があったのかも不明なんです。どうして、あの部屋に集められたのか」

「事件現場になった部屋に住んでいた人は？」

「それが、よく分からないんですよ」

「あんな高級マンション、ちゃんとした身元の人じゃなきゃ、貸さないんじゃないの？」

「ところが、現場になった部屋は賃貸物件ではなくて、地権者住戸なんです」

「地権者？　あのビルが建っている土地を、元々所有していた人ってこと？」

「そうです」

「そういえば、あのビルが建つ前は、あの辺はごちゃごちゃした住宅密集地だったわね」

「そうです。土地を立ち退いてもらう代わりに、地権者たちには部屋が配分されたんですが。でも実際には、売ったり賃貸に出したりして、地権者本人が住んでいるケースは少ないようです。今回、事件現場になった場所も、まさにそんな部屋で。はじめは地権者自身が所有していたみたいなんですが、何度か売買されていて、登記も複雑なことになっています。ちなみに、今は、登記上ではなんとかっていう組織の所有になっていますが――」

「なんとかって。具体的には？」

「えっと、ちょっと待ってください」

言いながら、西木がスマートフォンを取り出した。そして、画面に指を滑らせると、

「ああ、あった、これだ」

と、画面をこちらに向けた。

それは、登記簿を写した画像だった。

「NPOオクトー?」

「登記上では、このNPO法人が所有していることになっていますが、実際には又貸しの又貸しで、誰が事実上の主なのかちょっと分からない状態です」

「なるほどね……なんか、キナ臭いわね」

「で、民泊のような形で、いろんな人が出入りしていたようなんですが。その斡旋をしていたのが、管理会社の人間のようです」

「自殺した男性?」

「はい。マンションの管理マネージャーの——」

西木が、その目を極限まで見開いた。そして、「あ、ちょっと待ってください」と言い残すと、自分のデスクに戻っていった。

しばらくすると、ゲームに興じる小学生のように息を切らしながら、

「これを見てください!」

と、西木は、一枚の紙をテーブルに置いた。

そこには、名前がずらずらと書き込まれている。

「四谷の事件の被害者八人の名簿です」

介護士、家事手伝い、会社員、学生……確かに、職業も年齢もバラバラだ。

「でも、絶対になにか共通点があると思うんです。例えば――」

西木が、興奮気味に言う。このまま放っておいたら、ずっとこの話題が続くだろう。

「それより、〝オザワ〟という人物よ」比呂美は、西木の言葉を遮り、話題を引き戻した。「〝オザワ〟について、詳しく調べてほしいの」

＊

「富岡さん、分かりましたよ！」

それから、二時間後。リフレッシュコーナーで煎餅をかじっていると、西木が駆け寄ってきた。

「オザワさんのことが、分かりました！」

手渡された紙には、

『尾沢澄美子（二十九歳）　職業・保育士　住所・東京都豊島区巣鴨……』

あれ。この住所、どこかで見たような……。

うん、ものすごく最近見たような気がする。

えっと。……どこだっけ？

6

その翌日だった。

比呂美がパソコンで検索仕事をしていると、

「ああ。がっかりだ」

と、西木が、これ見よがしに首を垂れながら、言ってきた。いかにも、誰かに声をかけて欲しい……という感じだ。まったく、面倒くさい男だ。

「どうしたの？」仕方なく、比呂美は声をかけてみた。

「……上から、圧力かかりました。四谷の事件からは手を引けって」

「どういうこと？」

「つまり――」周囲に誰もいないことを確認すると、西木は囁くように言った。

「あの事件には、なにかヤバい勢力が絡んでいるってことですよ」

「ヤバい勢力？」

比呂美は、既視感を覚えた。……こういうこと、前にもあったような。

えっと、なんだっけ……。

あ、そうだ。比呂美は、思わず指を鳴らした。

「モンキャット事件。十七年前のあの事件」

「え？　モンキャット事件？」

「憶(おぼ)えてない？」

「ああ、そういえば、そんな事件がありましたね……。僕はまだ小学生でしたので、よくは知りませんが。富岡さんは？」

「私は——」

当時、比呂美は二十三歳。新人研修の一環で、系列の新聞社に出向していた。そんなときに起きた、大きな事件。小学生の女児たちが監禁されて、その主犯とされる人物が自殺。あまりに謎の多い事件で、比呂美もベテラン記者にくっついて、事件のあれこれを嗅ぎ回っていた。が、ある日突然、それは打ち切られた。ベテラン記者は言った。

「ヤバい勢力が絡んでいる」

そして比呂美はテレビ局に戻されて……。

あれ？　モンキャット事件のときも、監禁された被害者は八人じゃなかった？

そうよ、八人だったはず。

それを確認するため、比呂美は、キーボードに手を置くと、〝モンキャット〟と入力した。

【モンキャット事件】

モンキャット事件（モンキャットじけん）とは、2002年9月に東京都六本木にあるウィークリーマンションの一室で起きた事件で、児童8人が監禁された。

「モンキャット」とは、犯人が経営していた児童買春クラブの名称。

＊

「え？　モンキャット事件？」

木ノ下順子（きのしたじゅんこ）は、グレーヘアーをなでつけながら、じろりと上目遣いでこちらを見た。

木ノ下は東帝都（ひがしていと）新聞社の元記者で、六年前に早期退職し、今は塾の講師をしている。

比呂美にとっては忘れがたい新人時代のチューターで、恩師でもある。そして、今はよき友人だ。年に数回は、食事を楽しむ仲だ。といっても、それは休日のランチがほとんどで、今日のように、平日の夜、居酒屋で落ち合うのは今回が初めてだ。

「なによ、突然」

木ノ下は、再び、睨むようにこちらを見た。といっても、悪気があってのことではない。老眼が進んで、どうしてもこんな目つきになってしまう、そのせいで、生徒にも嫌われている……と、前に会ったとき愚痴っていた。

「夕方、誘いのメールをもらったとき、ドキドキしちゃったわよ。なにか報告があるのかと」もろきゅうをかじりながら、木ノ下。

「報告？」比呂美は、唐揚げをつまんだ。

「先日もあったのよ、古い友人から。突然、会おうって。で、会ってみたら、癌を告白されて。しかも余命半年だって」

「その人、今は？」

「先週、亡くなった。半年、もたなかった」

「……え。マジですか」

「私ぐらいの歳になると、突然の連絡は、大概、死か病気にまつわることなのよ。だから、あんたからメールがきたとき、ドキッとしたんだから」

「それは、すみませんでした。ご心配かけてしまって。お陰様で、元気もりもりです。健康診断の結果も問題なし」

「本当に？」

「本当ですよ！」

「なんか、血糖値とかコレステロール値とか、高そうなんだけど」

「やめてくださいよー。こう見えて、血糖値もコレステロール値も、正常範囲」

嘘だった。下らない嘘をついたせいか、妙に喉が渇く。比呂美は、チューハイを一気に飲み干した。

一方、

「相変わらずね。そのおっさんのような飲みっぷり。新人のときから、そうだった」

言いながら、ジンジャーエールをちびちびと舐める木ノ下。彼女は、昔から酒はやらない。その豪快な見た目とは裏腹に、下戸なのだ。

「で、なんで、今更、モンキャット事件？」

木ノ下が、もろきゅうをかじりながら、蚊の鳴くような声で言った。

が、比呂美は、いつもと変わらない声で、浮かれ気味に言った。

「……なんとなく、気になったんですよ。ほら、四谷で大量殺人事件があったじゃないですか？　その被害者数、八人。モンキャット事件の被害者も、八人ですよね？」

「それが、どうしたの？」

「ただの偶然でしょうか？」

「ただの偶然に決まっているじゃない」

「そうかな……。なんか引っかかるんですよね。女の勘ってやつが疼くんですよ。直感というか」

「あんた、ほんと相変わらずね。直感とか女の勘とか、そんなことばかり言っていたら、いつか痛い目に遭うわよ」

「痛い目には、もうすでに遭ってます。っていうか、崖っぷちです」

「どういうこと？」

「前任のせいで、後釜に座った私の首が飛ぶかもしれないんです。全責任を押し付けられて」

「なにがあったの？」

「聞いてくださいよ……」

待ってましたとばかりに比呂美は、やらせ番組の経緯を簡単に説明した。そして、麻乃紀和から無理難題をふっかけられたことも。

「……ほんと、あの麻乃紀和って女は——」

「しっ」

木ノ下が、いきなり唇に人差し指を当てた。そして、

「今から、私の自宅にこない？　実家から送られてきたおやきがあるんだけど、食

べない？」

＊

「あんたは、相変わらず、無防備ね。あんなところで、ぺらぺらと。誰が聞いているか分からないのに。麻乃紀和には、怖いバックがついているのよ。悪口が彼女の耳にでも入ったら――」

「怖いバックってなんですか？　ヤクザ……とか？」

「まあ、知らないほうが身のためよ」

木ノ下は、おやきを冷凍庫から取り出すと、油を引いたフライパンに並べた。

千駄木は団子坂下の小さなマンション。その二階に、比呂美は連れてこられていた。

四十平米あるかどうかの、1LDK。見渡してみるが、どうやら一人暮らしのようだ。

「ところで、木ノ下さん、いつからここに？　前は、三軒茶屋でしたよね？　それに――」

「離婚したのよ。で、子供は旦那に引き取ってもらった」

「え……？」

「まあ、いろいろとあってね。……十年前に」

「十年前？　そんな昔に？　なんで、言ってくれなかったんですか？」

「……さあ、綺麗に焼けたわよ、おやき。召し上がれ」

木ノ下が言う通り、それはひどく美味しそうだった。比呂美の喉がごくりと鳴る。

「それはそうと。あんたは？　あんたにも娘がいるのに、こんなに遅くまでいいの？」

時計を見ると、午後九時過ぎ。

「ああ、今日は、おばあちゃんの家にお泊まりなんです。だから、大丈夫です」

「旦那さんは？」

「あ、うちも離婚しました。……三年前に」

「やだ、そんな昔に？　なんで言ってくれなかったの？」

比呂美が言ったセリフをそのまま真似する木ノ下に、思わず、笑いが出る。

……そう、離婚なんて生々しいこと、木ノ下には言いたくなかった。木ノ下とは、あくまで、いい友人でいたかった。下手にプライベートを出すと、きっと、愚痴や悪口のオンパレードになってしまう。そんなことは、形だけの付き合いであるママ友で充分だ。木ノ下とは、もっと実のある話がしたい。……そういう思いから、比呂美は、プライベートなごたごた話は避けてきた。木ノ下もまた同じ思いだったのかと思うと、少し嬉しくなる。

「まあ、そんなことより。さっきの話の続きだけど」ルイボスティーを注ぎながら、木ノ下が先を促す。「四谷の大量殺人事件のこと、なんで調べているの？」

「私が調べているわけじゃないんですけどね。……後輩が調べていたら、上から圧力がかかっちゃったみたいで」

「……圧力」

「モンキャット事件もそうでしたよね？　犯人のマンション管理人が自殺して、それで幕引きになりましたよね。あんなに大きな事件だったのに、マスコミもだんまり」

「…………」

「四谷の事件とまったく同じです。それで、なにか変な胸騒ぎがしたんです。よくは分からないんですが、とにかく、胸がもやもやとして、落ち着かないんです。それで、木ノ下さんに連絡してしまったというわけです」

「なるほど」

「モンキャット事件のこと、詳しく教えてくれませんか？」

「それを聞いて、どうするの？」

「四谷の事件と関係があるかどうかは、この際、どうでもいいんです。私、ずっと引っかかっていたんですよ、モンキャット事件には。だって、謎が多すぎる。犯人が自殺したのも、あまりにも不自然。木ノ下さんだって、そう感じたから、上に止められても取材を続行したんですよね？」

「でも、私も、すぐにやめたけどね」

「それが、気になったんです。木ノ下さんほどの人が、上の圧力に屈するなんて」

「私も、ただの人の子よ。びびっただけよ」

「びびった？」

「そう。私にいろいろと情報をくれていたある人がね、亡くなったのよ。奥さんと幼い息子さんを道連れにしてね」

「一家心中ってことですか？」

「そういうことで処理されたけど。……たぶん、消、さ、れ、たんだと思う」

「消された？　家族ごと？」

「そう。それで、怖くなっちゃったの。うちにも小さい子供がいたし」

「……………」

「だから、あんたも、モンキャット事件には、首を突っ込まないほうがいい」

「……ご忠告、ありがとうございます。でも」比呂美は、おやきを割った。ほくほくとしたその様に、ますます喉が鳴る。「……でも、知りたいんです。首を突っ込むつもりはありません。ただ、知りたいだけなんです」

「本当に、ただ知りたいだけ？」

「はい」

「じゃ、ちょっと待ってて」

　三つ目のおやきに手を伸ばしたとき、向こう側の部屋から木ノ下が戻ってきた。その手には、原稿用紙の束。

「言っておくけど。私もそんなには詳しくないよ、モンキャット事件については。詳しく知る前に、例の協力者が亡くなっちゃったからさ」

　そう前置きしながら、木ノ下は、原稿用紙の束を比呂美の前に差し出した。

「これは、当時私が書いた原稿の下書き。……結局、ボツになっちゃったけどね。……ここに、あの事件のあらましが書いてある」

＊

──警察に通報があったのは、二〇〇二年九月二十七日未明のこと。それは六本木二丁目のカフェからで、「人が死んでいる」という内容だった。場所は、六本木ガーデンキングビルの敷地内。

当該現場に向かった港区六本木署の警官が、男性の遺体を発見。状況から飛び降り自殺か？　と思われたが、なにか様子がおかしい。衣類は一切身につけておらず、全裸。が、頭にはヘッドフォン。そして、身体中にガムテープが。

事件性があるとみて、六本木ガーデンキングビル内を捜査することに。

ちなみに、六本木ガーデンキングビルは、一階、二階はテナントが入っているが、三階から七階までは、短期賃貸物件。いわゆる高級ウィークリーマンション。セキュリティも万全で、フロントには二十四時間管理人が常駐しているはずが、不在。管理会社に連絡し、ようやくビル内へ。

管理会社によると、そのとき部屋が塞がっていたのは、六十戸中、四十五戸。特に不審者はいないはずだ……ということだったが、七〇三号室を訪ねてみると、信じられない光景が広がっていた。

五十平米そこそこの部屋に、八人の児童が目隠しと猿轡（さるぐつわ）をされ、そして、手と足をガムテープで拘束されていた。

監禁されていたのだ。

一方、一週間前から町田市で、あいついで児童の捜索願が出され、大規模な捜索がはじまっていた。「平成のハーメルンの笛吹き男事件」として、一部マスコミが騒ぎはじめていた。

まさか……と思い、監禁された少女の一人に名前を訊くと、捜索願が出されていた児童と合致。他の児童も、合致。失踪したと思われていた児童たちは全員、無事保護される。

が、児童たちはみな、錯乱しているのか、記憶が曖昧で、自分たちに何が起きたのか、よく理解していなかった。

いったい、なにがどうなっているのか？　児童たちを監禁したのは誰か？　敷地内で全裸で死んでいた男との関係は？

全裸で死んでいた男の身元を確認すると、「田所恒夫」という二十六歳の男性で、当該マンションの管理人だったことが判明。携帯電話の記録から、「モンキャットクラブ」という非合法のデリバリーヘルスを経営していたことが判明。練馬区にある田所の自宅アパートを捜索すると、約十億円の残金が示された預金通帳と、二千本以上のＤＶＤ、そして三千名以上の顧客名簿が見つかり、警察に押収され――

「でも、顧客名簿の多くが偽名であることを理由に捜査は打ち切られたんですよね」

原稿用紙から視線をはがすと、比呂美はおもむろに顔を上げた。「顧客名簿の中には、警察関係者、弁護士、裁判官、政治家の名前もあったようだ……と一部マスコミが騒ぎましたが、一週間もしないうちに鎮火――」

「そう。見事なくらい、どのマスコミもモンキャットクラブについては口を閉ざした。児童たちのプライバシーを守るため……なんてことになっているけど、違う。間違いなく、顧客名簿に載っていた人たちを守るためよ」

「そもそも、なんで田所恒夫は自殺したのか？　って話ですよ。自殺の理由がまったく分からない」

「自殺ではなくて、たぶん、消されたんだと思う」

「つまり、誰かに殺された？」

「そう。だって、全裸でヘッドフォンして、自殺する？　しかもよ。ある筋の情報では、七〇三号室の窓は閉まっていたというじゃない」

「え？　そうなんですか？」

「そう。その情報を入手して、他殺説を検証したテレビ番組の企画があったけど、そのプロデューサーは翌週に僻地（へきち）に飛ばされたって聞く」

「マジですか……」

「児童たちの証言も二転三転してね。矛盾だらけ。……部屋には複数人の大人がいたと証言する子もいれば、大人は誰もいなかったと証言する子も」

「約一週間、どうやって監禁されていたんでしょう？　食事は？　トイレは？」

「それも、謎なのよ。外に出るなとは言われたが、部屋の中では自由だったって証言する子もいて。トイレもお風呂も自由だった……って。食事もインスタントラーメンとレトルト食品が山と積まれていて、それを自由に食べていたって。ゲームもやり放題で、楽しかったって」

「監禁というより、軟禁状態？」

「そう。……でも、そう証言した児童たちは、ことごとく、行方が分からなくなった。世間の噂を気にして引っ越した……ってことになっているけど」

「まさか、消されたってことは――」

「よく、分からない。……ネットでは、児童のうち何人かは死んだっていう噂もあるけど」

「マジですか……」

比呂美の全身に、鳥肌が立つ。それを誤魔化すように、比呂美はグラスの中のルイボスティーを一気に空けた。

「……それにしても。児童たちに売春させていたっていうのは、本当なんでしょうかね……」

比呂美の頭の中に、自分の娘の姿が浮かんでくる。今年で十二歳。小学六年生だ。

初潮もまだきていない。……口では生意気なことばかり言って、隠れてお化粧なんかもするようになったが、その体はまだまだ子供だ。……そんな子供に売春させるなんて。……そんな子供に欲情するなんて。

「もちろん、児童たちのほとんどは、お小遣いに目がくらんだだけだろうけどね。たぶん、なにをさせられるのかよく分からないまま、集められたんだと思う」

「ひどい……」

「この事件では、田所恒夫が死んだことで児童はみな無事保護されたけれど。……田所恒夫が死んでいなかったら、どうなっていたことやら」

「考えるだけで、ムカムカします」

「あの八人はたまたま無事保護されたけど、他に犠牲になった子供たちはたくさんいると思う」

「……売春させられたってことですか？」

「十億円の預金があったということは、それだけの稼ぎがあったということよ。つまり、それだけ働かされた子供たちがいるっていうこと」

「かなりの子供たちが、犠牲になったんでしょうね。……え、ちょっと待ってください」

「なに？」

「子供一人、いくらで斡旋していたんですかね？」

「小学生で十万円だって例の協力者から聞いた。で、田所の取り分は、だいたい、七万円から五万円」

「その中間をとって六万円だとして。……単純計算で約一万七千回、斡旋したってことですよね？　十億円の稼ぎを生むには」

「まあ、そうなるわね」

「一万七千回の取引っていったら、かなり大掛かりですよ。それを、田所ひとりがやっていたということですか？」

「警察の発表ではね。モンキャットクラブは、田所ひとりで回していたって」

「いくらなんでも、不自然。大人の風俗嬢だって、管理するのは結構な労力がいるのに。相手は子供ですよ？　しかも、田所は、表向きはウィークリーマンションの管理人をしていたんですよね？　管理人の仕事だって大変だろうに、その裏で、十億円の商売をしていた？」

「まあ、そうね。確かに、不自然。モンキャットクラブの経営に関わっていたのは複数人いただろう……って普通思うわよね。私の協力者も、それを疑って調べていたのよ。田所のバックにいる組織をね」

「でも、消された？」

「そう。それが答えね。……田所の単独犯行ではないという」

「………」

比呂美は、おやきに手を伸ばした。もう何個目かは分からない。でも、なにか口に入れないではいられなかった。体が震えて仕方ないのだ。怒りと、恐怖と。……そして、好奇心によって。

「で、その田所って、どういう人なんですか？」

「案外、苦労人よ。小さい頃、親に酷い虐待を受けていて、保護されたそうよ。そして、児童養護施設に預けられた。確か、豊島区の――」

豊島区の、児童養護施設？

比呂美の手から、おやきがぽろりとこぼれ落ちる。

「それ、もしかして、豊島区巣鴨の児童養護施設？　聖オット学園？」

比呂美は、うわ言のように言った。なんで、そう思ったのかは、比呂美自身にも分からなかった。

「……うん、そう。巣鴨の児童養護施設。……知ってたの？」

木ノ下の問いに、比呂美は軽く首を横に振った。そして、やはりうわ言のように言った。

「明日、行く予定なんですよ、その児童養護施設に。〝オザワ〟という女性を訪ねて」

＊

翌日。

比呂美は、巣鴨駅から歩いて十分ほどの場所にある、聖オット学園を訪れた。その名刺を見せ、「以前、うちの番組で尾沢澄美子さんにお世話になりました。そのお礼がしたいのですが」と言うと、あっさり応接室に通された。

が、そこからが長かった。三十分過ぎても、そのドアは開かない。

……しかし、立派な養護施設だ。この応接間だって、いくら私立だとはいえ、まるで、どこぞのリゾートホテルのようだ。ソファもテーブルも、そして棚も、どれもが高級品だ。とても、児童養護施設には見えない。

いったい、誰がなんの目的で、ここを設立したのか。……そもそも、〝オット〟って、どういう意味だろう？

比呂美は、タブレットをカバンの中から引っ張り出すと、改めて聖オット学園のホームページを表示させた。が、どこを見ても、沿革らしいメニューはない。ならば、他のサイトで紹介されていないかと、検索をはじめたとき、ドアを叩く音が聞こえた。

そんなことをする必要もないのに、比呂美は、思わずタブレットをカバンの中に隠した。

「お待たせしております」

そう言いながら、エプロン姿の女性が現れる。

オザワ？

比呂美は、弾かれたようにソファから立ち上がった。

三章

7

FGHテレビ、カフェコーナー。

元上司の富岡比呂美を見つけた。メロンパンを頬張っている。

西木健一は、駆け寄った。

「富岡さん！」

不意打ちを食らった犬のように、富岡比呂美の瞳がまん丸く見開かれる。

「……な、なに？」

「面白い情報が入ったんですよ」

健一は、隣の椅子を引くと、そこに陣取った。

「……面白い……情報？」

「そ。『町田の聖夫婦』の——」

「ああ、その話」

富岡は、視線を逸らした。そして、手にしたメロンパンにかぶりついた。

「え？」

拍子抜けだ。ちょっと前まで、あんなに情報を欲しがっていたのに。

「私には、もう関係ないから」

とでも言うように、妙にそっけない。

やはり、あの噂は本当だったのか。子会社のリサーチ会社に出向するというのは。あのリサーチ会社は社員二十名程度の、いったいどういう仕事をしているのかよく分からない、いわゆる掃き溜めのような会社だ。出世コースを外れた者が飛ばされるためにだけ存在するような会社。あそこに飛ばされたら最後、返り咲くことはほぼ不可能。しかも、収入もがたんと落ちる。あそこに飛ばされて、精神をやられた人は多いと聞く。中には、自殺する人まで。

富岡が上司だった期間は数日と短期間で、だからそれほど思い入れもないが、こうなると、なんだか気の毒な感じがする。

確か、小学生の子供を持つシングルマザー。これからなんだかんだとお金がかかるだろうに……。

「悪かったわね」富岡比呂美が、力のない声で言った。「せっかく情報を持ってきてくれたのに」

「いいえ、たいした情報ではないので。ただの噂ですし――」

「そう」

「あ、でも、モンキャット事件にも絡んでいて――」

「モンキャット事件？」

「はい。先日、四谷の事件の流れで、話にでてきたじゃないですか」

「四谷の事件？　あんた、それ、まだ追っているの？」

富岡比呂美の瞳孔が、わっと広がった。「上から止められたんじゃないの？」

「まあ、そうですが。……個人的に気になったんで、知り合いのフリーライターとかフリー記者に色々と話を聞いているところなんです」

「止めたほうがいい」富岡比呂美の瞳孔が、さらに広がる。「下手に首を突っ込まないほうがいい」

言うと、テーブルの上に置いてあった菓子パンをかき集め、慌てて席を立った。

そして、

「じゃ、これで」

と、逃げるように、その場を立ち去った。

「なんだ、あれ？」

残された健一は、富岡比呂美の丸い背中を啞然と見送る。

と、そのとき、見覚えのあるシルエットを認めた。

アナウンサー部の山城貴代と、そして麻乃紀和。

麻乃紀和。そういえば、彼女について、妙な噂を聞いた。

そう、あれは二日前――

＊

「麻乃紀和について、面白い話、あるよ?」

突然、そう切り出したのは、FGHテレビ報道局子飼いのフリー記者のワタナベ。この道のベテランで、顔合わせを兼ねてモンキャット事件について情報を聞き出しているときだった。

「麻乃紀和も、モンキャット事件に興味をもっているみたいだよ」

と、唐突に、〝麻乃紀和〟の名前を口にした。

「麻乃紀和が? なんでです?」健一は、身を乗り出した。

「なんでも、〝オザワ〟という人物を捜しているらしい」

「オザワ……」

健一は、ふと、視線を上げた。……『町田の聖夫婦』に出てきた女の名前も〝オ

ザワ〟。そして、視線を戻すと、

「ああ、そういえば。うちのプロデューサーも麻乃紀和に詰め寄られてましたよ、〝オザワ〟って誰だ？　って」

「プロデューサー？」

「はい。最近、ドキュメンタリー部門のプロデューサーになった女性なんですが」

「もしかして、富岡って人？」

「そうです。知っているんですか？」

「いや、直接は知らない。でも、知り合いの知り合いの知り合い。……ところで、なんで、おたくのプロデューサーが？」

「『町田の聖夫婦』というドキュメンタリー番組を作ったんです。そこに、〝オザワ〟という人物が出てくるんですよ」

「なるほど」

「でも、富岡さんは、その番組にはタッチしてなくて。麻乃紀和の役には立たなかったようです」健一は、事の次第を簡単に説明した。すると、

「なるほど――」

と、ワタナベが、唸るように語尾を伸ばした。そして手帳を取り出すと、それをペラペラめくりはじめた。随分と年季の入った手帳だ。

「モンキャット事件について訊きたいっていうから、古い手帳を引っ張り出してきたんだよ」

そして、ワタナベの手が止まった。

「ああ。これだ。……ああ、でもな……。これはちょっとな……」

勿体(もったい)をつけるようなその言い方に、健一はイライラと手帳を覗き込んだ。が、ワタナベは、手帳を健一の視界から逃した。

「いじわるしないでください」

「いじわるじゃないよ。本当は、この事件には関わり合いになりたくないんだよ」

「どういうことです？」

「……この事件を追っていた記者の何人かが、失踪してんだよ」ワタナベは、まるで怪談でも聞かせるように、言った。「そのうちの一人は、家族ごと消されている」

「え？　消された？　殺されたってことですか？」健一の両腕に、さぁぁっと鳥肌が立つ。

「そう。だから、俺も手を引いた。俺にも家族がいるしね。……家族になにかがあったら、と思うと、それ以上進む勇気がなかった」

「家族？　あれ？　独身なんでは？」

「今は独身だけど、当時は結婚していたんだよ。十年前に離婚しちゃったけどね。

……実は、最初は嫁がモンキャット事件を追っていたんだよ。で、俺も協力していたんだけど――」

「奥さんだった人も、同業者だったんですか？」

「そう。同じ新聞社の同僚」

ああ、そういえば、このフリー記者、元新聞記者だと聞いたことがある。確か、大手の新聞社だ。なんで、辞めたんだろう？　俺だったら、石にしがみついても、新聞社に残るのに。

「事件を追うのが、なんだか嫌になっちゃったんだよ。知り合いの記者が失踪したり、家族ともども消されたりするのを目の当たりにしてさ。それで、新聞社を辞めた。でも、嫁は事件を追い続けて、結局は離婚。子供は俺が引き取った」

「はあ。そうだったんですか――」

なにか、込み入った事情がありそうだ。これ以上、首を突っ込むのはやめておこう。……と思ったのに、

「嫁は、心を壊してしまったんだよ。モンキャット事件を追っているうちにね。だから、子供を育てられる状態にはなかった。……今は、新聞社も辞めて、なんとか平穏に暮らしているけどね。まったく違う仕事に就いたのがよかったんだろう」

「はぁ……」

「いずれにしても、モンキャット事件に関わったおかげで、俺たち家族は引き裂かれたようなもんだ」

「そうなんですか。……そんなにヤバい事件なんですか、モンキャット事件って」

「だから、本当は情報も提供したくないんだけどさ」

「そこを、なんとか」

「ネタ元は、絶対漏らさないと誓ってくれるなら」

「もちろんです。殺されたって、漏らしません。誓います」

「分かった。じゃ、当時、俺が摑んだ情報をかいつまんで教えてやる」

「よろしくお願いします！」

「……じゃ、まずは〝オザワ〟という人物についてだ。麻乃紀和が捜している〝オザワ〟と同一人物かどうか分からないが、モンキャット事件で監禁されていた女児の一人が、〝オザワ〟っていう名前だ」

「……え？」

「〝オザワスミコ〟」

「オザワスミコ？」え。あの白いワンピースの女の名前も確か――。

「事件当時は名前を伏せられていたから、それを知る者は、記者の中でも警察と太いパイプを持つほんの一部だけだ」

「警察と太いパイプを持っているんですね。さすがです」

「変なおべっかはいい。続けるぞ」

「あ、はい。お願いします」

「……で、俺が調べたところによると、この女児が、他の児童を集めたらしい」

「どういうことです？」

「つまり、〝モンキャットクラブ〟のスカウトをしていたんだ」

「スカウト？　でも、当時、まだ小学生ですよね？」

「それがモンキャットクラブの手口だったんだよ。まずは女子高生に金を渡して、渋谷や新宿あたりで遊んでいる女児に『割の良いアルバイトしない？　人を集めるだけのバイトだよ。簡単だよ』と声をかけさせるんだ。同性の女子高生だからたいがいの児童は安心して、誘いに乗る。そうやって、児童を集めていたんだよ」

「じゃ、〝オザワスミコ〟も、はじめは女子高生に声をかけられて？」

「それは、よく分からない。……いずれにしても、当時小学生の〝オザワスミコ〟はスカウトの一人だった。そして同級生たちに声をかけた」

「〝オザワスミコ〟は、モンキャットクラブがどういうことをする組織なのか、知らなかったんですかね？」

「さあ、……どうだろう」

「まさか、知っていた可能性があるとか？」

「だから、分からない。……ただ」

「ただ？」

「モンキャットクラブの経営者で自殺した田所恒夫。彼は〝オザワスミコ〟と、同じ施設の出身なんだ」

「施設？」

「巣鴨にある児童養護施設」

児童養護施設？

「なに？　なんかひっかかるところある？」

「いえ、なにも。続けてください」

「しかもだ。田所恒夫も〝オザワスミコ〟も里子に出されているんだが、受け入れ先がどちらも町田に住む夫婦なんだよ」

「え⁉　もしかして『町田の聖夫婦』？」

「そう。もっとも、〝オザワスミコ〟が引き取られた頃には、田所恒夫は家を出て独立しているから、一緒に暮らしていたわけじゃないが」

「ちょ、ちょっ、ちょっと待ってください……」興奮しすぎて、呼吸が乱れる。健一は大きく息を吸うと、言った。

「もしかして、モンキャットクラブに、『町田の聖夫婦』が絡んでいたりしますか?」

「それを疑っていたメディアも随分とあったな。警察も疑っていたようだが、あの夫婦はアンタッチャブルなんだ。結局、メディアも警察も、すぐに手を引いた」

「アンタッチャブルって?」

「……まあ。あれだ。……固有名詞は出せないけど、なにかと嫌な噂がある某宗教団体がバックにいる」

「それって、もしかして、政界にも信者が多いという、八真教(はっしんきょう)……?」

「しっ。軽々しく、固有名詞を出すな」

「あ、……すみません……」

健一の背中に、すぅぅぅっと冷たいものが流れた。

あの宗教団体には、黒い噂がつきない。そのひとつが貧困ビジネスだ。例えば、シングルマザーやニート、風俗嬢などに声をかけては生活保護を受けさせて、信者が経営するアパートに住まわせる。そして家賃として、生活保護の支給金の大半をピンハネしているというのだ。それを取材していたとあるテレビ局のディレクターが、自殺した。殺されたという噂もある。いずれにしても、消えた。

「そういえば、『町田の聖夫婦』には、養育費の使い込みの噂もあったな」ワタナべが、ぼそりと呟いた。「里子を何人も受け入れていたから結構な額の養育費を受け取っていたんだが、その養育費は里子のためには使われず、自分たちの生活費や実子の学費に使われていたらしい」

「ああ、それはやっている感じでした。里子たち、撮影のときは綺麗な服とか着ているんですけど、そうじゃない日は、きったない服を着ていましたよ。靴下には穴があき、靴はボロボロ。そのくせ、里親と実子は、ブランドの服を着ていた。もちろん、靴下もブランドもの。靴もピカピカ。食事のときもそう。里子たちには安そうな菓子パンと牛乳だけを与えて、自分たちは外食三昧。なのに、撮影がはじまると、里子たちにも綺麗な服を着せて、焼肉パーティーとかはじめるんです。明らかに胡散臭かった。……まさに、やらせのオンパレード」

「あのドキュメンタリー、見たよ。馴染のヤツがプロデューサーをしていたからね。クレジットには出てなかったけど。でも、すぐに分かった。あれは、飯干の作品だってね」

「その飯干さんは、もう逃げましたけど」

「逃げた？」

「まったく、無責任な人です」

「そんなことはないよ。あいつは信念の男だよ。あのドキュメンタリーを撮ったのも、もしかしたら、あの夫婦の秘密を探り出すためだったのかもな。なにか狙いがあったのは間違いない」

「まさか」

「あいつ、モンキャット事件のときに、容疑者他殺説の番組を作ろうとして、一度、子会社に飛ばされているんだよ」

「え？」

「その会社で耐えに耐え、ようやく返り咲いたというのに、再度、あの事件に首を突っ込もうとした。……なかなかできないことだよ。ほんと、信念の男だ」

8

その信念の男が、突然、視界に現れた。

ＦＧＨテレビ、カフェコーナー。

アナウンサー部の山城貴代と麻乃紀和が談笑しているテーブルに、一人の男が近づいていった。

この男こそ、元ドキュメンタリー部門のプロデューサー、飯干道也（みちや）だった。その首には、ゲストと書かれたカードがぶら下がっている。

苦手な上司だった。本当なら、見つからないようにこっそりと退散したいところだが、健一は、その場に留まった。それどころか、わざわざそのテーブルに自分から寄って行き、飯干に見せつけるように大袈裟に躓いてみたりもした。

「あ」

飯干が、健一に気がついた。

「あ、飯干さん！」

健一は、わざとらしく声を上げた。「お久しぶりです。どうしたんですか？　今日は」

「仕事だよ、仕事」

そんな他愛のないやりとりが続いている間に、山城貴代と麻乃紀和が席を立つ。

そして、行ってしまった。

「なんだよ！　なんで、邪魔した？」

飯干が、鬼の形相で睨みつける。……これだよ、このパワハラ顔が苦手なんだ。威圧的で偉そうで、そして品がない。

「邪魔なんかしてませんよ。むしろ、飯干さんを助けてあげたんですよ」

「助ける？」

「はい。だって、麻乃紀和、『町田の聖夫婦』に文句があるみたいで」

「文句？　どんな文句が？」

「よく分かりませんが、それで、後任の富岡さんが、無理難題を押し付けられたようなんですよ。でも、その富岡さんも出向が決まったみたいで、ドキュメンタリー部門からいなくなる。そんなところに、飯干さんが声をかけたら、今度は飯干さんが無理難題を押し付けられるかもしれない……と思いまして」

「余計なお世話だ」

「飯干さん、麻乃紀和に用事があったんですか？」

「……まあ、用事というか。挨拶をしようと思っただけだよ」

「なら、そんなに怒らなくても……」

「……そうだな、悪かった」

飯干が、くいっと顎をしゃくる。その視線の先は厨房に近い暗がりで、人気がないエリアだった。事実、今も人はいない。

そういえば、以前はよくあそこに連れて行かれて、説教をされたもんだ。そう思ったとたん、足が竦む。が、飯干はずんずんと歩き出し、健一は、反射的にそのあとを追った。

「本当に、挨拶だけだったんですか？」

健一の問いに、

「ああ、そうだ」

と、飯干はとぼけて見せた。

「嘘です。僕、見てたんですからね。飯干さん、麻乃紀和になにか質問をぶつけていましたよね？」

「…………」

「何を訊いていたんです？」

「…………」

「僕、聞いてたんですからね」

「…………」

「息子がどうとか、聞こえましたけど？」

「おまえ、耳がいいな」飯干が、ようやく応えた。「頭のほうはイマイチだけど」

「それ、パワハラです」

「パワハラっていうのは、立場や権力を利用して、下の者にいやがらせをすることだ。今の俺は、立場も権力もない。むしろ、おまえのほうが上だ」

「なら、上の立場として、質問します。麻乃紀和に何を訊いていたんですか？」

「なぜ、気になる？」

「ただの、好奇心です。気になるんです。……こういうの、すっごく気になるんですって！　だから、お願いしますよ！」

「まあ、近いうちに、どっかの週刊誌がすっぱ抜くだろうから、それまで待て」

「待てません！」

食い下がると、

「……麻乃紀和には、息子がいたんだよ。その件について、訊いていた」と、飯干はようやく、白状した。

「息子？　でも、麻乃紀和って、子供いましたっけ？」

「だから、隠し子」

「隠し子？」

「そう。アメリカにいたときに出産したらしい。で、息子が十六歳になるまでアメリカで暮らしていた」

「父親は？」

「これから先は、週刊誌のスクープを待て。というか、お前、報道局に異動になったんだろう？　自分の足で調べろ」

「でも、報道局らしいことは、全然やらせてもらってませんよ。今日だって、夜から、女優の張り込みですからね。報道というより芸能班ですよ」

「まあ、最初はそういうものだ。……で、女優って？」

「神奈乙音です」

「ああ。なるほど。そういえば、熱愛報道があったな。お相手は——」

「IT長者の荒屋敷勉。その二人の熱愛シーンを撮ってこいって」

「いいじゃないか。今をときめくカップルだ」

「そうですか？　俺は苦手だな、あのカップル」

「そうなのか？　おまえ、てっきり、神奈乙音のファンだと思ってたんだが。ああいう清純派、大好きじゃないか。……ああ、そうか。荒屋敷勉との熱愛報道が出て、嫉妬しているのか？」

「やめてくださいよ。そんなんじゃありません」

……そりゃ、確かに、ちょっと前までは神奈乙音が好きだった。……でも、あの流出動画を見てからというもの、一気に冷めた。

それを言うと、

「流出動画って、例のレイプ動画か？」

健一は静かに頷いた。

それまでも、変な噂があった。神奈乙音がデビュー前にレイプ動画を撮られ、それをネタに脅されていると。

そういう噂は、芸能人にはつきものだ。だから、ただのガセだと思ったのだが。

健一がそれを見たのは、一ヶ月前だ。「ダークウェブに、面白い動画がアップされていますよ」と同僚に教えられて、軽い気持ちでアクセスしてみた。それは泣き叫ぶ神奈乙音が数人の男たちに輪姦（りんかん）されているものだった。あまりに痛々しい動画だったが、結局、すべて見てしまった。しかも、勃起までしてしまった。そんな自分が惨めで許せなくて、結果、神奈乙音まで嫌いになってしまった。

「おまえ、あの動画、鵜呑（うの）みにしているのか？」飯干が、眉間に皺（しわ）を寄せながら、諭すように言った。「俺もあの動画見たけどさ。……でも、あれって、顔がよく分からないじゃん」

「……ええ、まあ、確かに。でも、声は神奈乙音でしたけど――」

「音声ぐらい、簡単に合成できるだろう」

「え？　……ということは、別人ってことですか？」

「まあ、そうだろうね」

「じゃ、輪姦されていたのは誰なんです？」

「そんなの、知るかよ。いずれにしても、清純派で売っている神奈乙音を陥れようとする勢力が流したフェイク動画だろう」

フェイク？

そうだ、フェイクだ！

……そうか、フェイクか。……よかった。

「ほんと、おまえはまだまだ子供だな。そんなことで一喜一憂して」

「いや、だって——」

「でも、問題はそこじゃない。実際に、輪姦された女性がいて、それが拡散されてしまっているということだ。……気の毒な話だ」

「……というか、本当に輪姦されているんでしょうかね？　それもやらせでは？」

「いや、あれは、本物だろう……」

飯干が、おもむろに腕を組んだ。

「俺は、そういうのが許せんのだよ。見ていられない。特に、幼い子供が犠牲になるのは」

「幼い子供？　……そういえば、飯干さんは、モンキャット事件を追っていたんですか？」

飯干の下瞼が、ぴりっと震える。

「なんで？」

「いや。……ちょっと小耳に挟んで」

「あいつか。フリー記者の――」

「あ、はい」言ったあと、健一は口を塞いだ。ネタ元は漏らさない、そう固く約束したのに――。

「おまえは、報道には向いてないようだな。今からでも遅くない。異動願を出せ」

「は?」

「おまえには、経理とか総務とか、そういう堅実な仕事のほうがお似合いだ」

「もう一度言う。おまえには報道は無理だ。モンキャット事件についても、忘れろ。おまえ自身のためだ」

9

「ちっ。俺を舐めやがって」

ミニバンの助手席。健一は、舌打ちした。

「どうしたんです? なんかイライラしてますね?」

運転席のハゲネズミが、顔色をうかがうように恐る恐る視線を合わせてきた。

制作会社のアシスタントディレクターだ。どこからどう見ても四十を過ぎているおっさんなのに、いまだにADという肩書き、しかも、弱小制作会社勤務。こんなハゲネズミと組まされて、張り込みだなんて。

「ちっ。どいつもこいつも、舐めやがって」

健一の舌打ちが止まらない。

ここは、青山墓地近くの駐車場。目の前には、二年前に竣工されたタワーマンションがそびえ立っている。三十平米のワンルームが一億円超えの、まさに億ションの中の億ションだ。

この億ションの最上階、いわゆるペントハウスが、神奈乙音と荒屋敷勉の愛の巣だ。その情報を報道局にタレ込んだのが、このハゲネズミ。どうやら、この男は、神奈乙音と荒屋敷勉の情報を豊富に持っているらしい。つまり、このハゲネズミは〝情報屋〟でもあった。

「億ションのヤリ部屋なんて。……たいしたもんですよ」

ハゲネズミが、ニヤニヤと品のない顔で言った。

ヤリ部屋って……。

「この部屋の他に、横浜、京都、福岡、そしてハワイ……と、ヤリ部屋があるそうです。どれも、億ションです。愛人と密会するために購入したようです」

「愛人の数だけ、億ションがあるってこと？」

健一がため息交じりで質問すると、

「そうです。でも、一番お高いのは、神奈乙音とヤるためだけに買った、このタワマンでしょうね。確か、八億円だったかな」

「八億円！」

「八億円なんて、荒屋敷勉にとっちゃ、端た金でしょうけどね」

ハゲネズミが、無表情で言った。「だって、あの人、年収百億円超えているでしょう？」

「百億円⁉」

「去年、個人で支払った税金が七十億円ですって。そこから計算すると、年収は優に百億円を超えますよ」

「……よく知っていますね」

「いや、だって、荒屋敷勉がそうツイートしてたじゃないですか。見てません？」

「……ああ、そうだった。そんなことを呟いてたっけ」嘘だが、こんなハゲネズミにまで舐められたらたまらない。

「昨日の夕食の代金は、八百万円ですもんね。八百円じゃないですよ、八百万円ですよ」

「…………」八百万円。俺の、年収がまさにそれだ。これでも、この歳にしては高収入のほうだと思っていたのに。……それが、一回の夕食代？

「それでも、お得だった……とか言っているんですから、あの人にとっての八百万円なんて、それこそ八百円みたいなものなんでしょうね」

「…………」

「金銭感覚が、もはや、我々庶民とはまったく違うんですよ」

我々？　いや、さすがに、あんたと俺は違う。あんたの年収はせいぜい、四百万円いくかいかないかだろう？　俺と一緒にすんな。

「荒屋敷勉たちにとって、我々庶民は、アリンコのようなもんなんでしょうね。……ああ、いやんなっちゃいますよ。同世代のやつに、『あ、あんなところにアリンコがいる』なんて、思われているかと思うと。……悔しいですね。一泡吹かせてやりたいですね……。アリンコだって、その気になれば、象だって倒せるところを見せてやりたいですね……」

ハゲネズミの目が、ギラリと光った。

その忌々しげな輝きに、健一は身震いした。

「なんてね」

ハゲネズミの目が、元のどぶ川の鈍い色に戻る。

「あ、そうだ」

いつのまに用意したのか、足下からレジ袋をピックアップすると、その中から九〇〇㎖ペットボトルのコーヒーと紙コップを取り出した。さらに、

「コーヒー、どうですか？」

と、紙コップにコーヒーを注ぐと、それを健一に差し出した。

断る理由などない。健一は、それを受け取った。

「うちの近所の量販店で、一本九十九円で売っていた安物のコーヒーですが、味は悪くないですよ」言いながら、ハゲネズミが、もうひとつ紙コップを取り出した。

「わたしは、ここ最近、ずっと九十九円のペットボトルのコーヒー。これ一本で一日もちますから、助かります。……経費が削られてますからね、缶コーヒーなんか買ってられないんですよ。……ああ、いやんなっちゃいますよ。あのマンションの住人なんか、一本うん万円もするようなワインとか浴びるように飲んでいるんですよね。一方わたしは、一本九十九円のコーヒーを、一日かけてちびちびと。……ああ、ほんとうに、いやんなっちゃいますよ」

ああ、こういうルサンチマンの塊のようなおっさんとはかかわりたくない。こういうやつは、自身の実力のなさと不甲斐なさを棚に上げて、自身が置かれている境遇をすべて他者と社会のせいにしがちだ。そして、ネットの掲示板やSNSで成功者や有名人を叩いているに違いない。

……ほら、今だって。

スマホを取り出して、ニヤニヤと醜い笑みを浮かべながら、なにかを熱心に見ている。

……なにを見ているんだろう？

と、覗き込んでみると、それは、見覚えのある動画だった。

そう、例の、神奈乙音のレイプ動画だ。

健一は、顔をしかめた。

「なに見てんですか。今、仕事中ですよ」

「これだって、立派な仕事ですよ」

ハゲネズミが、舌舐めずりしながら言った。「……っていうか西木さんも、この動画、見たことあるんですか？」

「……まあね」

「西木さんも、結構、スケベですね。へへへへ」

……ほんと、虫酸が走る。無視していると、

「知ってます？　この動画、荒屋敷勉が撮らせたんですよ」

「え？」

「荒屋敷勉が、ホームレス数人にお金をつかませて、神奈乙音をレイプさせたんで

すよ」

「でも、神奈乙音は荒屋敷勉の愛人じゃないですか」

「荒屋敷勉という男は、そういうやつなんですよ。鬼畜なんです。変態なんです。普通のプレイじゃ、満足しないんですよ。今まで、何人の女が餌食になったことか。……この億ションのヤリ部屋だって、そういうプレイをするためのものですからね」

ハゲネズミが、目の前にそびえ立つタワーマンションを、苦々しく見上げた。

「神奈乙音、今日も、どこぞのちんぴらたちに散々に弄ばれるんでしょうね」

「え？」

「先ほど、この界隈(かいわい)には不似合いな柄の悪いニイちゃんたちが数人、マンションに入っていきましたよ。……まあ、たぶん、プレイ要員でしょう」

ハゲネズミの視線が、再びスマホに戻った。その表情は、凶悪犯を追う鬼刑事のような険しさだ。

「このレイプ動画だって、アップしたのは荒屋敷勉本人ですからね」

「でも」

健一も、自身のスマホを取り出すと、例の動画にアクセスしてみた。……アップした人物の名前は、……丸木土佐渡(まるきどさど)。

「もちろん、ハンドルネームですよ、それは。丸木土佐渡。……マルキ・ド・サドを気取っているんでしょう」

「サド……？」

「そう。荒屋敷勉は、マルキ・ド・サドを敬愛してましてね。学生時代は映画研究会に入っていて、『ソドムの日常』という自主映画を撮ったほどですよ。いうまでもなく、サドの『ソドム百二十日あるいは淫蕩学校』が元ネタです。……あれは、ひどい映画だったな……。死人も出ていますよ。で、荒屋敷勉も書類送検されています」

「初耳だ……」

「荒屋敷勉は、ひた隠しにしてますからね。一部の人しか知りません」

「……一部？」

「いずれにしても、荒屋敷勉は生まれながらのど変態です、鬼畜野郎です。今は、社会的に成功して善人面してますけどね、その本性は昔のままですよ。サドを真似て、愛人たちをおもちゃにしている」

「おもちゃ？」

「そうです。荒屋敷勉は、特に、サドの『美徳の不幸』がお気に入りで。……『美徳の不幸』、知ってますか？」

「……いや、……あまり……」

「裕福な家に生まれた姉妹が、突然両親を亡くし、路頭に迷います。奔放な姉のほうは金持ちの愛人になり、放蕩と悪徳の限りを尽くし、伯爵夫人へとのし上がります。一方妹は、その真面目な性格が仇になり、何度も騙され、貶められ、ついには濡れ衣を着せられ、落命します」

「……なんだか、イヤな話だな……」

「サドですからね。イヤな話なのは当たり前です。……で、荒屋敷勉は、『美徳の不幸』のヒロイン……ジュスティーヌのような、従順な女が大好きなんですよ。愛人にするのも、そんな女ばかり」

「神奈乙音も、その一人というわけですか？」

「そうです。神奈乙音は、荒屋敷勉にどんなに弄ばれても、どんなに貶められても、彼を信じて離れようとしません」

なんだか、それって、従順というより、ただのバカなんじゃないか？

健一は思ったが、それは口にはしなかった。

「……それにしても、ずいぶん、詳しいんですね」

「まあね。……×××ですから」

よく聞き取れなかった。聞き返すのも、なんだか癪にさわるような気がして、

「でも、そのレイプ動画は、フェイクだと聞きましたよ」と、健一は、ハゲネズミ

の話の腰を折った。

「フェイク？」

「そうです。清純派の神奈乙音を貶めるために、誰かが捏造したんだろうって」

「誰がです？」

　そんなことまで言いたくない。黙っていると、

「フェイクじゃないですよ。この動画を撮影し、拡散したのは、荒屋敷勉本人ですよ」

　ハゲネズミが、スマホを見ながら、再びニヤついた。

「なぜ、そこまで言い切れるんですか？」

「だって。……わたしも出演していますからね、この動画に」

「……え⁉」

「わたし、以前は、ホームレスをしていたんですよ」

「…………！」

「もともとは、テレビ局で正社員をしてましてね。で、いい気になって、制作プロダクションを立ち上げたんですよ。が、その数年後に、あっけなく倒産。自己破産もしまして、日本中を放浪しましたよ。なんでもしましたよ。腎臓も売りましたし、骨髄も売りました。もちろん、闇取引です。……で、去年、東京に戻ってきて西新

宿を根城に数ヶ月フラフラしていたら、昔馴染の男とばったり再会しましてね。『いいアルバイトがあるよ』って。『仲間も一緒にどう?』って。一日一万円出すと言われて、わたしを含め、そこにいた数人のホームレスが飛びつきました。そして、わたしたちは目隠しをされ、ワゴン車に乗せられて、気がついたら、このマンションの最上階の部屋にいたというわけです。

目の前には、全裸の美女。目隠しをされていましたが、すぐにわかりましたよ。神奈乙音だって。わたし、ファンでしたから。

しばらくご無沙汰だったわたしの下半身がむくむくと反応しまして。他のやつらも、舌舐めずり。

そして、『スタート』の声がかかり、わたしたちは、一斉に神奈乙音に群がりました。

……まあ、自慢できる話じゃないですけどね。

かわいそうなことをしたな……とは思います。

でも、よかったですよ、神奈乙音。

わたしは、主に、バックを攻めたんですけどね。……本当に、よかったですよ。

できれば、もう一度、あの可愛らしい菊を味わいたいもんです。……半年前のことですよ」

健一は、スマホの画面に視線を落とした。

両手を縛られた神奈乙音の後ろにしがみつき、雄犬のように我武者羅に腰を振っている、ざんばら髪のじじぃ。

これが、このハゲネズミ？

「この仕事に就いたとき、頭を丸めたんですよ。……いってみれば、反省の印です。へへへへ」

もうこの話はいい、胸糞悪い。と思いながらも、健一は改めてスマホの画面に視線を落とした。女を輪姦しているのは、一、二、三……八人だ。これが全員ホームレス？　ホームレスの割には、ビジネスマンのようなスーツ姿の男も数人いる。

「ホームレスは、わたしを含めて四人。あとの四人は、途中参加です。やはり、目隠しされて、部屋に連れてこられたんです。たぶん、堅気の仕事をしている人たちなんじゃないかな。初めはかなりためらってましたが、薬を打たれた途端、残酷なレイプマンに豹変しました」

「薬？」

「覚醒剤です。覚醒剤をやりながらすると、かなりいいですからね。いわゆる、キメセクってやつです」

ハゲネズミが恍惚とした表情でニヤついた。その唇の端からは一筋のよだれ。

……なんて汚らしい。まるで黴菌だ。もう、本当に勘弁してくれ。こんな男といると、こっちまで汚れるようだ。健一は、あからさまに話題を変えた。

「で、あなたはこの仕事には、いつ？」

「先月ですよ。レイプ動画に出演したご褒美は何がいいかって訊かれたから、もう一度テレビの仕事をしたいって。そしたら、今の仕事を紹介してくれたんです」

「荒屋敷勉が？」

「…………」ハゲネズミが、言葉もなく、にやにやと笑う。そして、

「やはり、テレビの仕事はいいですよね。わたし、こんな歳ですが、なんだか若返った気がします。……ね、若返ったでしょう？」

ハゲネズミが、同意を求めるように、こちら側に顔を近づけてきた。

あっちいけよ、この黴菌が！　健一は、あからさまにハゲネズミから体を逃した。

「おやおや。あなた、わたしを軽蔑してますね？　でも、あなただって、わたしと同じような境遇になれば、同じようなことをすると思いますよ」

「それは、絶対、ない。レイプは犯罪ですよ？　捕まりますよ？　あんただって——」

「それは、大丈夫です。絶対、捕まりません。だって、あれは、荒屋敷勉のお遊びにすぎないのですから」

「いくら、荒屋敷勉がバックについているからって、犯罪は犯罪だ。……例えば、俺が警察にチクったら、それで終わりだ。あんたも、荒屋敷勉も」

「おや、あなた、警察にチクるおつもりで？」

「………」

「それは、やめたほうがいいな。……ああ、そういえば、いらぬ脅迫をして、消された男がいたな。……えっと、名前はなんていったかな。えっと――」

ハゲネズミが、短い腕を組みながら、うーんと、天を仰いだ。

「なんとかっていう女に嵌められて、自殺した男ですよ。……えっと――」

「なんとかっていう女？」

「そう。……あれ、女のほうの名前も出てこない。いやだな、最近、固有名詞が全然出てこなくて。歳はとりたくないもんですね。……えっと。……あ。そうだ。珠里亜です。月村珠里亜」

「月村珠里亜？」

もちろん知っている。人気ブロガーだ。

「あの女も、荒屋敷勉の女でしてね」

「え？　そうなんですか？」

「そうですよ。腐れ縁というやつです。聞くところによると、二人が知り合ったのは、月村珠里亜が大学生の頃。荒屋敷勉は当時、情報商材詐欺でぼろ儲けしていた。ネットでもちょっとした有名人だったので、月村珠里亜もころっと騙されたんでしょう。荒屋敷勉にすっかり夢中になって、女衒（ぜげん）のような真似もさせられた」

「女衒？」

「よくは分かりませんけどね。いずれにしても、月村珠里亜も荒屋敷勉に調教された従順なジュスティーヌだったんですよ」

「ジュスティーヌ……」

「とはいえ、荒屋敷勉にしてみれば、ただのしつこい女だったようです。結婚を迫ったりして。だから、無理やり他の男と結婚させて、棄（す）てたんですけどね。それでも月村珠里亜はしつこくて。だから、あんなことに——」

そういえば、月村珠里亜。なにかのパーティーの最中に倒れて、そのまま今も寝たきりだと聞いた。……覚醒剤を所持していたという噂も。

「もう、ダメでしょう、あの女」

ハゲネズミが、喉の奥で、ひぃひぃひぃと、鳴くように笑う。

それにしても、なんでこんなに荒屋敷勉のことを知っているんだ？　もともとはただのホームレスだろう？

健一の心の声を聞いたのか、

「だから、さっき言ったでしょう？　ホームレスの前はテレビ局の社員だったって」

と、ハゲネズミがなんともいやらしい視線を送ってきた。「もっと遡れば、大学時代、映画研究会に入っていたんですよ」

「え？　ということは――」

「そう。荒屋敷勉とは一緒に映画を撮った仲です。で、わたしも、書類送検されちゃいましたよ、あの男のせいで」

ハゲネズミが、再び、喉の奥で、ひぃひぃひぃと、鳴くように笑った。

健一は、コーヒーを啜（すす）った。続けてふぅぅと息を吐き出すと、

「で、月村珠里亜は荒屋敷勉に愛想をつかされて……」と、話を少し戻した。

「そう、だから、今、月村珠里亜は病院のベッドの上で植物状態」

ハゲネズミは、健一のコップにコーヒーを注（つ）ぎ足しながら、

「いずれにしても、荒屋敷勉を敵に回しちゃいけないってことですよ」

そして、憎らしげに、にやりと笑う。

いつのまにか、立場が逆転してしまった。局APである自分が、ただの請負い制作会社のADに、すっかり主導権を握られている。

忌々しい。健一は、コーヒーを飲み干した。

四章

10

「ね、オザワさん、やばくない?」

「月村さんは、心配性だなぁ。なにも心配しなくていいんだよ」

「っていうか、ね、ここはどこ?」

「六本木のマンション」

「ここで、あたしたち、なにをするの?」

「ただ、おしゃべりしたり、遊んだりしているだけでいいんだよ」

「ね、オザワさん、なにをしているの? やめてよ。見えないじゃん!」

「目隠ししているの」

「なんで? なんで、そんなことをするの? はずしてよ、これ、はずしてよ!」

「今日のお客さん、ちょっとヘンタイだからさ。こういうのがシュミらしいよ」

「ヘンタイ? シュミ?」

「まあ、とにかく、これを飲みなよ」

「ね……オザワさん、今、なにを飲ませたの？」

「楽になる飲み物だよ」

「楽になる飲み物？」

「そ。ちょっと苦いけど。我慢して飲んで。そうすれば、あっというまに終わるから」

「ね、オザワさん、あたし、家に帰りたいんだけど。ママが心配していると思うんだ」

「大丈夫。心配なんかしてないよ。だって、月村さん、いつも言っていたじゃない。あたしはママに嫌われているって」

「でも……」

「月村さんだけじゃないよ。ここにいる子は、全員、家族から見放された子ばかり。だから、誰も心配なんかしない。だから、誰も捜そうともしない」

「そんなことないよ。ママ、きっと今頃、あたしのことを捜しているよ。……捜しているよ」

　そうだよね、ママ。

そう問いかけようとするも、私の口は開かない。

そう、私は、もう何日も、このベッドに拘束されている。

そして、腕にはいくつもの管が繋がれ、喉には大きな穴をあけられて、太いチューブをねじ込まれている。

「植物状態」

私をさして、みな、口々にそんなことを言う。が、それは正確ではない。

私、ちゃんと意識がある！

そう訴えたくても、体はまったく動かない。まるで、意識と体が切り離されてしまった感じだ。あるいは、浅い夢をずっと見続けているような。

もっといえば、時空を超えて、ふらふらと過去と現在を行き来しているふうでもある。

今も、小学生の頃にタイムスリップしていた。オ、ザ、ワさんに誘われて、六本木のマンションに行ったときの場面だ。

世に言う、モンキャット事件。

あの事件を境に、価値観も道徳観も、そして感性もがらりと変わった。

ああ、こんな世界があるんだ！

ああ、こんな興奮があるんだ！

　ああ、世の中、やっちゃいけないことなんてないんだ！

　それを教えてくれたのは、オザワさん。

　世間は、「モンキャット事件については、もう忘れなさい」なんていうけれど、冗談じゃない。私にとって、あれほど甘美な記憶はない。

「……その〝オザワ〟という人物について、調べているんです」

　そんな声が聞こえてきて、私は、現実に引き戻される。

　声の主は、麻乃紀和。

　相手をさせられているのは、ママ。

「オザワ？」

　ママの声はどこか不機嫌だ。が、今日も見舞金をもらったのか、邪険にすることはなく、いちいち、丁寧に答えている。

「オザワさんが、なにか？」

「月村珠里亜さんの――」

　そのハンドルネームが出てきて、私は、小さく瞼を動かした。が、案の定、それに二人は気がつかない。

「月村珠里亜？　ああ、娘のハンドルネームですね」

「そうです、月村珠里亜の――」

「なんだか、ピンときませんので、本名で呼んでくださいますか。……〝静子〟って」

「あ、すみません。……静子さんが小学生の頃、クラスメイトだった〝日高穂波〟という人物――」

日高穂波？　私は、また、瞼を小さく動かした。が、気がつかない二人は、話を続ける。

「……日高穂波？」

ママもまた、その名前になにかを刺激されたようだった。声が明らかに震えている。

「静子さんと日高穂波さん。とある事件の被害者ですよね？」

「………………」

「モンキャット事件」

「違います！」

ママが、バカみたいに過剰に反応する。……ママ、ダメだよ、それじゃ、「はい、そうです」って、認めているようなものだよ。私はまたもや瞼を動かしてみたが、今度も、二人には伝わらなかった。

「いいんですよ。ここで下手な嘘はよしましょう。調べはついていますので。あなたの娘さんとクラスメイトだった日高穂波は、小学生の頃、モンキャット事件に巻き込まれましたよね？　そのとき、二人を誘ったのが、オザワという人物なんです。……お母さん、ご存じですか？　オザワ」

観念したのか、ママは言葉を濁しつつも、「……ええ、はい」と応えた。そして、

「オザワさんて。……スミコちゃんのことかしら。……エミコちゃんのお姉さんです」

「エミコ？　え？　ちょっと待ってください」

突然、知らない名前が出てきて、麻乃紀和は混乱したようだった。その声が少し上ずっている。

そんな麻乃紀和をさらに混乱させようとでもいうのか、ママが、立て続けに言った。

「うちの近所に、『町田の聖夫婦』と呼ばれている夫婦がいまして。なんだかよく分からない宗教にはまって、職にもついてないような夫婦なのに、やたら、羽振りはよかったんです。聞くところによると、里親をやっていて、沢山の子供を養護施設から預かっては養育費をせしめていたみたいなんです。……その里子に、双子の

姉妹がいましてね。お姉さんがスミコちゃん。妹がエミコちゃん。……双子といっても、二卵性双生児らしくて、うりふたつ……ってほどではありませんでしたけど。ちなみに、娘の静子と同じクラスで仲がよかったのは、エミコちゃん。一方、スミコちゃんは、別のクラスだったんじゃなかったかしら。……ね、そうでしょう？静子」

ママが、軽く、私の肩に触れた。無論、それはただのパフォーマンスで、娘の返事を期待しているわけではない。

「エミコちゃんは、おとなしく優しい感じの美少女でしたけど、姉のスミコちゃんは、なんていうか、気が強くて、……ちょっとスレたところがありましたね。もっといえば、不良でした」

ママが、怒気を含ませた声で、言った。

「スミコちゃんが、娘たちをあんなところに誘ったから、あんな事件が起きてしまったんですよ。ほんと、忌々しいったらありゃしない。娘たちが、あの事件でどれほど傷ついたか、トラウマになったか。……なのに、当の本人は、糾弾されることもなく、雲隠れ」

「雲隠れ？」

「はい。事件のあと、姿を消しました。他の里親のもとに行ったとも、施設に戻ったとも聞きましたが、いずれにしても、忌々しいことです！　きっと、ろくな大人になってませんよ！」

「じゃ、あなたは、今、オザワ……スミコが、どうなっているのかは、ご存じないと？」

「知るわけがないですよ。……なんなら、エミコちゃんに教えてもらったらいかがですか？」

言いながら、ママが、時計をちらりと見た。「そろそろ、例のドラマの再放送がはじまる時間ですよ」

そして百円玉を財布から取り出すと、それを、テレビモニターの横についている投入口に差し入れる。

聞こえてきたのは、神奈乙音の声。

「この人ですよ」

ママが、吐き捨てるように言った。「この人が、オザワエミコです」

「え？」麻乃紀和の声が、明らかに動揺している。「神奈乙音が……オザワエミコってことですか？」

「そうです。神奈乙音の本名は、尾沢絵美子。うちの娘の幼馴染です。いつももじもじしていて、口数も少なくて、質問されても下を向いたまま何も答えない、そんな引っ込み思案な子でした。そんな子が、まさか、女優になるなんてね……」

と、ママが、しみじみと言った。さらに、

「……なんか、自慢しているみたいだから、あまり人には言ったことないんですけどね。……神奈乙音って、正真正銘、静子の幼馴染なんですよ。小学生の頃は同じクラスで、仲良かったんですよ」

「……そうだったんですか？　そんなこと、静子さんはブログで一言も。……本当なんですか？」

麻乃紀和が、疑念たっぷりに訊くと、

「何度も言わせないでくださいよ。本当ですよ。エミコちゃん、静子の幼馴染なんですよ！」

と、ママは語気を強めた。

「本当に……？」

「なにか、問題でも？」

「いいえ。……ちょっと意外だと思いまして」

「意外？」

「しつこいようですが私、静子さんのブログを毎日見ていたんです。でも、神奈乙音のことは……」

「まあ、言いにくかったんでしょうね。だって――」

ここで、ママは我に返ったように、はっと言葉を呑み込んだ。

そして、しばらくの沈黙。

ママの手が、私の手を握る。

「うちの子だって、本当は女優になりたかったんですよ。うちの子のほうが、女優に向いていたはずなのに。昔からハキハキしていて明るくて。なのに、こんなことになっちゃって。……一方、あの子は、どんどん成功しちゃって」

ママは、私の手をさらに強く握りしめた。

「……そういうことですから。エミコ……神奈乙音に訊けば、姉のスミコがどうなっているのか、分かるんじゃないですか？」

11

「お待たせしました」

神奈乙音が、深々と頭を下げる。

今や、飛ぶ鳥を落とす勢いの彼女だが、傲慢なところはまったく感じさせない。むしろ控えめで、楚々（そそ）とした立ち居振る舞いだ。引っ込み思案というのは、本当のことらしい。

こういう女は苦手だ。

まさに、着せ替え人形。周りのお膳立てに身を任せ、なんでも「はいはい」と素直に従う。業界の男たちから見れば、なんとも都合のいいお人形さんだ。……だから、あんな裏動画を撮られてしまうのだ。こういう女がいるから、男は図に乗る。女はすべて意のままになると、大いなる勘違いを抱くのだ。まさに、女の敵だ。

……忌々しい。

FGHテレビ局の会議室。

麻乃紀和は、顔見知りの局プロデューサーに無理を言って、ここに神奈乙音を呼びつけていた。

「……麻乃先生、今日は、どのようなご用件でしょうか?」

そう言ったのは、神奈乙音のマネージャー。いかにも弱々しい雰囲気の冴えない男だが、こういう男ほど、見かけによらない。案外、大胆なことをする。……紀和はふと、自身の息子のことを思い出した。

「うちの息子が、神奈さんの大ファンで、サインをいただけないかな……と思いまして」

紀和は、口から出まかせで言った。

「先生に、息子さんが？」

「そう。あまり知られてないけど、いるのよ、息子が。……もう死んじゃったけどね」

「亡くなられた？」

「そう。だから、息子の霊前に神奈さんのサインを……と思いまして」

「そうでしたか」

「そういうことだから、神奈さんと二人っきりにしてくれないかしら？」

「え？」マネージャーが構えた。「それは……ちょっと……」

「少しだけよ。少しだけ。お願い」

「しかし……」

「タナカさんには言ってあるのよ。二人きりで会いたいって」

局プロデューサーの名前を出すと、マネージャーはあっさりと折れた。

「はい、分かりました。では、わたくしはドアの外にいますので」

邪魔者が退室したことを確認すると、

「で、神奈さん。オザワスミコって、ご存じよね」

と、紀和は、目の前の女に単刀直入に訊いた。すると、

「はい。私の姉です」

神奈乙音の大きな目から、ふと涙がこぼれる。そして、「……姉のスミコが、なにか？　また、なにかしたんですか？」

「どういうことですか？　またって？――」

「………」神奈乙音の肩が激しく震えている。その目からは次から次へと涙が。「ね、教えて。オザワスミコのことを」

紀和は、暗示をかける催眠術師のように囁いた。「……ね、お願い。教えて」

「どうしてですか？　どうして、麻乃先生は、姉のことを？」神奈乙音が、やおら顔を上げる。

その顔は、涙でぐちゃぐちゃだ。マスカラもアイラインも、元の形を留めていない。なのに、その美しさはひとつも色褪せていない。むしろ、どこか妖艶さすら漂う。さすがは、旬の女優。大したものだ。あるいは、これもまた、演技なのかもしれない。

「……どうして、麻乃先生は、姉のことを？」

「……それは」紀和は言葉を濁した。「……私にもよく分からない。でも、知りたいのよ。彼女の心の闇を」

「……闇？」

「そう、闇。闇の中に分け入って、その人の本来の姿を探すのが、私の仕事だから。

そして、それは、私自身の闇を見極める作業でもあるから」

「姉には、闇なんか、ないと思います」

「え？」

「あるとしたら、それは光。……まばゆいばかりの光。そこにいる人の目まで潰してしまうような、強烈な光です」

「光……？」

「私、思うんです。〝光〟って、〝闇〟より恐ろしいって。〝闇〟は、人を隠してくれるけど、〝光〟は容赦なく、その人の存在を暴いてしまう。違いますか？」

「……まあ、確かに、そういう見方もあるわね」

「私、昔から姉のことが恐ろしかったんです。……いつか、その光に呑み込まれるような気がして。だから、私、姉とは正反対の人生を歩もうと決めたんです。姉とはまったく違う人生を」

　神奈乙音が、祈るように、両の手を合わせた。その儚い美しさに、紀和はたじろいだ。寄り添ってしまいたくなる衝動に駆られたからだ。

　紀和は、体を引いた。そして、「ところで――」と、話題を変えた。

「あなたたちは、養護施設の出身だと聞いたけれど、本当なの？」

「はい、そうです。巣鴨にある、『聖オットー学園』にずっとお世話になっていました」

「ご両親は？」

「さあ、分かりません。私たち、ゴミ箱に捨てられていたんだそうです。公園のゴミ箱に。黒いビニール袋に入れられて。へその緒がついた状態で」

「ゴミ箱……？　黒いビニール袋……？　へその緒……？」

身を乗り出したときだった。

ドアが開いた。

「もう時間です！」

マネージャーが、血相を変えて飛び込んできた。たぶん、そのドアの向こう側で、一部始終を聞いていたのだろう。これ以上、ドル箱スターの秘密は探らないでくれ……と言わんばかりの勢いで、こちらに駆け寄ってくる。

「次の撮影があるんです。これ以上は無理です。これで失礼します」

そして、神奈乙音を連れ去ってしまった。

12

富岡比呂美は、すっかり片付いたデスクを見ながら、ため息をついた。

まさか、こんな形で、ＦＧＨテレビを追われるなんて。

局長から呼ばれたのは、『聖オット学園』を訪れたその翌日だ。そして、子会社への出向を告げられた。役員待遇での出向だと言われたが。冗談じゃない。左遷に他ならない。

こんなあからさまな左遷ってあるだろうか？　明らかに、「これ以上は、首を突っ込むな」という警告だ。

が、そんな警告を受けるほど、たいしたことはしていない。『聖オット学園』を訪ねて、尾沢澄美子という女を呼び出しただけだ。

実際には、会っていない。

いったい、何がいけなかったの？

比呂美は、再びため息をつくと、当日のことを頭の中でなぞってみた。


……「お待たせしております」

そう言いながら、エプロン姿の女性が現れる。

……オザワだ。

比呂美は、弾かれたようにソファから立ち上がった。

が、ネームプレートを見ると、まったく違う名前だった。『事務長・里見（さとみ）』と書いてある。

「すみません。オザワは、今日はお休みをいただいているんですよ」

事務長の里見は、申し訳なさそうに、何度も頭を下げる。が、その口調はどこか冷たい。

「で、今日は、どんなご用件で？」

「ああ、その、えーと」比呂美はしどろもどろで言った。「……ああ、ご挨拶をと思いまして」

「挨拶？」

「はい。オザワさんには、うちの番組でお世話になりましたので」

「番組？」

「はい。『町田の聖夫婦』というドキュメンタリー番組です」

事務長の顔が、明らかに強張（こわば）った。それまでの謙虚さが嘘のように、

「あの方たちと、うちとは、まったく関係がございませんよ」

と、強い口調で言い放った。さらに「いったい、何を探ってらっしゃるの？　前にも、忠告いたしましたよね？」

「前にも？」

「飯干っていう男性に、私、忠告いたしましたよ？」

ああ、飯干さん。前のプロデューサーで、『町田の聖夫婦』を企画した張本人だ。

そして、逃げるように会社を辞めた。

「とにかく、今日は、お帰りください。そして、二度と、来ないでください。迷惑です」

「いや、でも」

「オザワは、なんの関係もありません。あなたたちがなにを勘ぐっているのかは知りませんが、うちのオザワとは、まったく無関係です。……いいですか。もう一度言います。これが最後です。オザワには近づかないでください。この学園にも近づかないでください。さあ、お帰りください！」


まさに、塩を撒くような勢いで、比呂美は追い返された。

しかも、その翌日に左遷の通達。

一人の人間を、こうも容易く左遷させるのだ、ただごとじゃない。

聖オット学園って、なんなんだ？

比呂美は、デスクにぽつんと置かれたパソコンに目をやった。

今日いっぱいは自分のＩＤが生きている。ならば、社のデータベースにアクセスできるはずだ。

比呂美は、『聖オット学園』と打ち込んだ。あっという間だった。情報がずらずらとヒットした。

さすがは、ＦＧＨテレビ自慢のデータベース。古今東西、森羅万象の情報がこのデータベースには詰め込まれている……という触れ込みは伊達じゃない。スクロールしてもしても、情報は尽きない。情報がありすぎるというのも良し悪しだな……と、マウスから一瞬、指を離したときだった。古いニュース番組のタイトルがふと目に飛び込んできた。昭和四十九年のデータだ。

「へー。聖オット学園って、この年に開園したんだ。……え？　この名前。……これって……」

と、記憶を辿っていると、はす向かいに座る若い男性社員二人の笑い声が聞こえてきた。見ると、頭を突き合わせてひとつのパソコンの画面を熱心に見ている。

「これが、神奈乙音の流出動画か……」

「マジ、やばいっすね……！」

「本物かな？」

「さあ、どうだろう。この手のやつは、フェイクも多いからな」

「俺は、本物のような気がするな。というか、本物であってほしい」

「おまえ、鬼畜だな。……あ」

比呂美の視線に気がついたのか、社員二人のおしゃべりに急ブレーキがかかる。そして、とってつけたように、書類を取り出して仕事をはじめた。

……そういえば、神奈乙音のレイプ動画が出回っているって、一ヶ月ぐらい前から噂になっている。

ゲスな好奇心が蠢く。

比呂美は、検索を途中でやめると、帰り支度をはじめた。

13

一方、報道局の西木健一は、もやもやとした気分に苛まれていた。

あれ以来、神奈乙音のことが気になって仕方ない。

荒屋敷勉にいいように弄ばれている、従順な性奴隷。そう思うだけで、なんとも言えない怒りと、そしてムラムラとした興奮が下半身を刺激する。

健一は、この日も、トイレの個室に籠って、例の動画を閲覧していた。神奈乙音のレイプ動画だ。……仕事中になにやってんだ……と、我ながら、情けないとは思う。でも、やめられないのだ。いつでもどこでも、レイプされている神奈乙音の顔が浮かんできて、気がつけば、勃起している。こうなると、もう我慢などできない。

スマートフォンだけ持ってトイレに駆け込み、ひたすら自慰に耽る。……もはや、病気だ。あるいはジャンキー。

が、この日は、ちょっと様子が違った。もう何百回と閲覧している動画のはずなのに、なぜだか違和感を覚えた。

トイレットペーパーでいちもつを拭きながら、健一はその違和感の正体を探してみた。

「あ」

健一は、ようやく気がついた。それは、簡単なことだった。

神奈乙音の顔は何の加工もされていないのに、レイプしている男たちの顔は、ほとんどが加工がされていて、個人を特定できないようになっている。

なんて、卑劣なんだ。加害者のほうが顔を隠して、被害者の顔が丸出しなんて。

逆だろう、逆。

……まあ、報道でも同じか。

事件が起きると、まず被害者の顔が晒され、プライベートまで暴かれる。一方、加害者のプライベートは、逮捕まで守られる。

プライベート？

健一は、ふと、神奈乙音のプライベートが気になった。そういえば、ファンだとはいいながら、彼女のプロフィールはなにも知らない。

健一は、精液でぬめった指を、スマートフォンの画面の上に滑らせた。そして、〝神奈乙音〟と検索。が、情報はなかなかヒットしなかった。さすがは大手の事務所だ。守りが堅い。……こういうときは、悪名高い匿名掲示板がたよりだ。芸能人の秘密があちこちに落ちている。健一は、指を画面に滑らせ続けた。そして、十五分ほどが経った頃。……見つけた。

「へー。神奈乙音の本名って、尾沢絵美子なんだ。……うん？　〝オザワ〟？」

オザワといえば、『町田の聖夫婦』を訪ねてきた、白いワンピースの女だ。確か、名前は尾沢……。

ただの偶然か？

いや、でも。白いワンピースの女の第一印象は、「あ、神奈乙音に似ている」だった。だから、見たのは一瞬だったのに、強烈に記憶している。

いったい、どういうことだ？　偶然か？　必然か？

その答えを探していたところ、食堂で飯干道也の姿をみかけた。健一の元上司だ。『町田の聖夫婦』放送前に、逃げた男。

「飯干さん！」

健一は、街でサッカー選手を見つけた少年のごとく、駆け寄った。

「なんだ、西木じゃないか」飯干は、バツが悪そうに愛想笑いを浮かべた。「今日は、総務部に用事があってな。提出し忘れていた書類があって——」

「そんなことより、いったい、なにがどうなっているんですか？」

「どうした？」

「飯干さん、あの女のこと、なにか知ってるんじゃないですか？」

「あの女？」

「だから、白いワンピースの女ですよ！　ね、なにか知ってますよね⁉」

詰め寄る健一に、飯干は根負けしたかのように、顎で向こう側の観葉植物を指した。その裏手に二人がけの小さなテーブルがある。密談にもってこいの場所だ。

「あそこで待ってろ。俺は、ラーメンと半ライスをとってくるから」

＊

「モンキャットクラブは、報道では単なる売春クラブっていうことになっていたけど、それは真実ではない」

ラーメンをあらかた食べ終わると、飯干はようやく、口を開いた。

　さらに、カバンから取材ノートを取り出すと、それをぱらぱらめくりはじめた。そこには、大量の名前が記されている。

「……って、なんで、急にモンキャットクラブの話なんですか。僕が知りたいのは、オザワっていうワンピースの女のことで……」健一は、イライラと脚を揺すりながら、ノートを覗き込んだ。

「まあ、黙って聞け。物事には、順序というものがある」

「はい、分かりました。……で、モンキャットクラブがどうしたんですか？　てか、僕、よく知らないんですよね、モンキャットクラブのこと。いったい、どういうクラブなんですか？」

「まあ、簡単にいえば、ＳＭクラブだな」

「ＳＭクラブ？　まさか子供を虐待するんですか⁉」

「その反対だ。子供が、大人を虐待するんだよ」

「……は？」

　またもや意外な答えに、健一の思考はさらに乱れた。脚の揺れも激しくなる。

「子供が、大人を虐待？　なんなんですか、それって」

「だから、プレイのひとつだよ」

「プレイ？」

「まあ、そういう変態も、世の中には多いってことだ。特に、お堅い職業の人ほどね」

「……確かに、SMクラブの客には、お堅い職業の人が多いとは聞いたことはありますが。……でも、子供が大人を虐待するSMクラブなんて聞いたことがありませんよ」

「だろう？　そこが、画期的だったんだよ。よくあるSMクラブの女王様ではなくて、子供様が客である大人を虐待する。あるようでなかったプレイだ」

「…………」

「はじめは、みんなお前のような顔をする。そんなプレイのどこが面白いんだって。でも、一度そのプレイを経験したものは、見事にハマるんだよ」

「僕には、よく分からない世界です」

「ただの変態プレイではなくて、精神浄化……贖罪（しょくざい）の面もあった」

「贖罪？」

「例えばだ。客の中には、自分が幼少の頃、いじめ加害者だったやつも多かった。その罪悪感から逃れたくて、子供にいじめてもらうんだ。そうすることで自らの過ちを浄化させ、救われるんだよ」

「なんか、倒錯してますね」

「人間なんて、そんなものだよ。そもそも、宗教だって、倒錯そのものじゃないか。キリスト像なんてその代表例だ。傷だらけで十字架に磔(はりつけ)になっている姿を拝むんだぜ？　倒錯以外の何物でもない」

「……不謹慎な。そんなことを言ったら、善良な信者に怒られますよ」

「宗教なんて、SMの原点のようなものだよ」

「だから……」

「子供は、無垢(むく)な天使に喩(たと)えられるだろう？　そんな子供に虐待されるってことは、つまり、〝受難〟を意味する。〝受難〟は、罪多き大人たちにとっては、歓(よろこ)びそのものなんだよ。快楽と言い換えてもいい。モンキャットクラブは、そこに目をつけたってわけさ」

「やっぱり、よく分かりません」

「まあ、お前のような不真面目なやつには意味不明(イミフ)な世界かもしれないな。でも、〝受難〟を欲しているやつは、この世には割と多い。むしろ、多数派だ」

「やっぱり、よく分かりません」

「話を戻す。……で、そのモンキャットクラブにキャストを送り込んでいたのが、『町田の聖夫婦』だ」

「やっぱり、あの夫婦が絡んでいたんですね！　だから、飯干さん、ドキュメンタリーの対象に選んだんですね！」

「そうだ。……が、町田の聖夫婦も所詮、末端に過ぎない。いわゆる紹介所のようなものだった」

「元締めではなかったと？」

「そうだ」飯干は、視線を遠くに飛ばした。「俺は、ずっとその元締めを追いかけてきたんだよ。ようやくあの相川夫婦までたどり着き、ドキュメンタリーの取材と称して、接触もしてみたが。……その先がよく分からない。どうしても分からない。そんなときだ。神奈乙音のレイプ動画がネットに出回った。ピンときたよ。あれは、神奈乙音じゃないって。姉のスミコだって」

「どういうことです？　神奈乙音には、お姉さんがいるんですか？　……っていうか、スミコって──」

「そうだ。そのスミコが、〝白いワンピースの女〟の正体だ」

「は？」

「俺も驚いた。まさか、あんな形で再会するなんて」

「再会？」

「まさに、運命の偶然だった。あのときスミコは、かつて里親だった相川夫婦に呼び出されて、やってきた。相川夫婦は、本当は神奈乙音に声を掛けていたんだと思う。ちょっとしたサプライズだよ。今や大人気の女優の里親だということを自慢したかったんだと思う。が、そう簡単にはいかない。なにしろ、神奈乙音はプロダクションにしっかりと守られている。それで、代わりに姉のスミコを呼んだのだろう。……神奈乙音の双子の姉を。……まさか、あんな形で再会するなんて――」

「だから、再会って？　前に会ったことがあるんですか？」

「ああ、そうだ。スミコは、かつて、モンキャットクラブの売れっ子キャストだったんだよ」

「はあ？」健一は、つい声を上げた。観葉植物の向こう側から、いくつか視線が飛んでくる。健一は身を丸めると、「っていうか、なぜ、そんなことまで、飯干さんが知っているんですか？」

「なぜって――」飯干の視線が、大きく揺らぐ。そして手で口元を覆うと、教誨師に懺悔する罪人のように、くぐもった声で言った。「俺も、モンキャットクラブの客だったからだよ。そして、スミコの客だったんだ」

「…………！」

　どうリアクションすればいいのか分からず、固まっていると、飯干が、一転、おちゃらけた様子で肩を竦めた。「ミイラ取りがミイラになる。……その典型例だ」と、「当時、俺は報道局のエースでな。ある政治家のスキャンダルを追っていたんだよ。で、モンキャットクラブにたどり着いた。チャンスだと思ったよ。俺は迷わず、モンキャットクラブの顧客名簿に名を連ねた」

「……いわゆる、潜入取材？」

「そうだ。が、気がつけば、どっぷりハマってしまっていた。抜け出せなくなっていた」

「まさに、ミイラ取りがミイラですね」

「だろう？　二〇〇二年にあの騒動がなかったら、今もどっぷりハマっていたかもしれないな」

「あの騒動って。子供たちが六本木のマンションで監禁されて、そして発見されたという事件ですか？　通称モンキャット事件？」

「そうだ。そのとき、モンキャットクラブの主宰者だという男が、事件現場で投身自殺している。それを機に、モンキャットクラブも空中分解。顧客名簿もどこかに消えた」

「モンキャットクラブそのものが闇に葬られたって感じですね」

「そうだ。……でも、俺は、断言する。モンキャットクラブを仕切っていたのは、自殺したあの男ではない。あの男もまた、ただの末端に過ぎない」

「じゃ、いったい誰が本当の黒幕？」

「だから、俺はそいつをずっと探っていたんだよ。そしたら、町田の相川夫婦にたどり着いたってわけさ」

飯干が、小さなげっぷを吐き出した。それから、思い出したかのように半ライスをラーメンのドンブリに入れた。

そして、

「モンキャットクラブの顧客名簿が、誰かに渡った可能性がある。……その名簿には、あの荒屋敷勉の名前が――」

「え？　荒屋敷勉も、顧客の一人？」

健一は、あのハゲネズミの言葉を唐突に思い出した。

「そういえば、ある男から聞いたんですが」健一は、興奮も露わに言った。「荒屋敷勉はど変態だって。鬼畜だって。マルキ・ド・サドを敬愛しているって」

「マルキ・ド・サド？」

「そうです。〝サディズム〟の語源になった人物ですよ。荒屋敷は、サドにちなんで、なんとかっていう自主映画も作っていて、撮影中、死人も出て……。ああ、そうそう。特に、『美徳の不幸』がお気に入りだそうです」

「ジュスティーヌか……」

「ああ、そうです、それです。ジュスティーヌのような、従順な女が大好きなんですって。愛人にするのも、そんな女ばかりなんだとか。神奈乙音もまたそのうちの一人で、彼女は荒屋敷勉の毒牙にかかって……。とにかく、酷い男なんです。……あ。もしかして。荒屋敷勉じゃないですか？　モンキャットクラブの黒幕は——」

「それは、違うな」

「え？　どうしてです？」

「荒屋敷勉は、モンキャットクラブの主宰者ではない」

「でも」

「荒屋敷は、ただの客だ。それに、あいつは、サドというよりマゾだ。しかも、〝超〟がつく」

「超マゾ？」

「そうだ」飯干がにやりと笑う。「ここだけの話。あいつとは、大学時代、同じサークルだったんだよ」

「え？　そうだったんですか？」

「で、まず、あいつが社会的に成功し、モンキャットクラブの顧客になった。俺がモンキャットクラブに入会できたのも、あいつの紹介があったからだ。モンキャットクラブは、完全紹介制だからな」

「っていうか、信じられない。……荒屋敷勉が、……超マゾ？」

「そうだ。ウルトラスーパーなマゾだ。尿道拡張なんて、小学生の頃に覚えたらしい」

「尿道拡張……」

「生まれつきのど変態だ。中学生の頃には、近所のヤンキーに金を払って、自分をリンチさせていたというんだから、筋金入りだよ」

「………」

「だから、荒屋敷はただの客に過ぎない」

「……じゃ、黒幕は」

「まあ、それは、知らないほうがいいだろう。俺も手を引いた。だから、自ら、子会社に移った」

「なぜです？」

「命は大切にしろってことだよ」

「は？」

カチンときた。まるで、遊びで仕事をしていると言われているようだった。

「僕だって、命張って、仕事してますよ。この仕事にプライドを持っているんです」

「そう軽々と、命張っているなんて、言うな」

飯干が、上司の目で睨みつける。健一もまた、睨み返した。

「教えてください。飯干さんが知っていることをすべて」

「すべて？」

「そうです。なんなら、そのノート、僕に譲ってください」

「人の褌で相撲を取る気か」

「ええ、そうです。人の褌だろうがなんだろうが、構いません。ショートカットできるなら」

「ショートカットか。……まあ、お前らしいな」飯干は、ドンブリの中身をレンゲでかき混ぜた。そして、

「セレブ限定の、あるSMクラブがあるんだが――」と、口元を押さえながら、続けた。

「俺は実際に行ったことはない。が、荒屋敷が会員でな。いつだったか、自慢げに話してくれたんだ。

――ただのSMクラブじゃないぜ。処刑するんだよ、みんなの前で。ビンゴゲームをしながら、残酷極まりない方法で処刑していくんだよ……って。

処刑の生け贄にされるのは、秘密を知ってしまった人だそうだ。または、裏切り者。さらには邪魔者。

聞いた話だと、モンキャット事件を探っていたフリーライターとかも、生け贄に

なったそうだ。中には、家族ごと処刑された者もいるとか」

「……なんなんですか、それ」

健一は、またもや固まってしまった。聞いてはいけないことを、聞いている気分になってきた。先ほどは「命張っている」なんて言ってはみたが、そんなの嘘に決まっている。仕事に命なんて張れるか。俺は、ただ、マスコミという世界で何者かになれればそれでいいんだ。同窓会なんかの集まりで、みんなから羨ましがられたら、それでいいんだ。

命なんて、張れるかよ。

健一は、やおら、腕時計を見た。「ああ、そろそろ時間だな」と、椅子から腰を浮かせたときだった。食堂のテレビモニターが目に入った。

「あ」健一は、声を上げた。「麻乃紀和だ」

いつもの昼帯のワイドショー。

「そうそう。麻乃紀和といえば。面白い情報があるんだよ。とびきりの話だ」

飯干が勿体振るように言った。健一の体が、自然と椅子に戻る。

「……なんです？」

「前に、麻乃紀和には隠し子がいる……という話をしただろう？」

ああ、そういえば。すっかり忘れていた。

「その隠し子っていうのが、碓氷篤紀」

「え⁉」健一は、思わず声を上げた。「あの、自殺した検察官の碓氷篤紀？」

「そう。月村珠里亜にレイプを告発されて、ネットリンチに遭い、自殺した男こそが麻乃紀和の隠し子だ」

「……マジですか？」

「マジも、マジ。……麻乃紀和、かなり恨んでんじゃないかね、月村珠里亜を」

「…………」

「どう？　この件、ふたりで掘ってみないか？」

しかし、健一は話の途中で「あ、用事を思い出した」とかなんとか言って、飯干と別れた。

……冗談じゃない。俺は、あの人が大の苦手なんだ。あの人と一緒に行動するなんて、まっぴらだ。情報はもらった。もう用済みだ。

そして、いつものようにトイレの個室に籠ると、例の動画を再生する。神奈乙音のレイプ動画。

……我ながら、病気だな。一時間に一度はこれを見ないと禁断症状が出る。もはや完全にジャンキーだ。

が、今回は、ただの快楽のためだけじゃない。あることを確認するためだ。

それに気がついたのは、さっきだ。飯干と会話しているときだ。その八人の男たちは、動画では、神奈乙音は八人の男たちから暴行を受けている。その八人の男たちは、みな顔が分からないように、加工がされている。

しかし、何度も再生しているうちに気がついた。

加工がされていない男もいるのだ。

その顔にどうも見覚えがある。でも、なかなか思い出せず、モヤモヤしていた。が、先ほど、飯干との会話で、はっと思い出したのだ。

「これ、碓氷篤紀じゃないか？」

自殺したエリート検察官。一時は週刊誌を賑わし、顔写真も晒されていた。健一も何度かその写真を見たことがある。その特徴的な団子ッ鼻と、出っ歯。それを見て、「ユニークな顔してんな」と笑った。

「そうだよ、碓氷篤紀だよ！」

碓氷篤紀だとして。

なんで、この男だけ、顔が晒されているんだ？

え？　もしかして……。

「これって、レイプではなくて、……プ、プレイなのか？」

14

「そうか、これは、プレイなのよ」

富岡比呂美は、その動画を見ながら、なんとなく愉快な気分で独りごちた。

ＦＧＨテレビ近くのカラオケボックス。最近では、ここで時間を潰すことが多い。だからといって、最後の日に胸糞悪いレイプ動画を見る羽目になるとは。我ながら、情けない。だって仕方なかった。どうしても確認してみたかった。それは好奇心なのか、それとも……。

動画は簡単に見つけることができた。最初はダークウェブだけで拡散されていたようだが、いよいよ表のウェブにも晒されてしまったようだ。〝神奈乙音〟と入力しただけで、検索結果のトップに表示された。気の毒な話だ。だが、こういうことは芸能界では珍しくはない。昇り調子の俳優やタレントが、誰かの悪意によって醜聞をばらまかれ、そして消えていくことなんて。でも、消えていく人ばかりではない。それをバネにして、さらなる高みに昇る人もいる。……はてさて、神奈乙音はどちらになるだろうか。消えるのか、それともレベルアップするのか。

そんなことを考えながら動画を見ていたときだった。あることに気がついた。

「うん？」

輪姦している男たちは八人。その中の一人が妙に引っかかる。他の男たちはモザイク処理がしてあって個人を特定できないが、一人だけ鮮明な男がいる。しかも、スーツ姿。そしてその襟章は、どこかで見たことがある。繰り返し再生していると、

「これって、秋霜烈日バッチ？」

そうだ。検察官記章だ。ということは、この男は検察官？　……うん？　検察官といえば——

「この男、碓氷篤紀じゃない？　月村珠里亜に追い詰められて自殺した……」

そして、ようやく合点した。

「そうか、これは、プレイなのよ」

さらに、こうも思った。

「女はいつでも被害者で、男はいつでも加害者。そういう先入観で見れば、この動画はなんとも痛ましいレイプ動画だ。が、男の性欲を逆手にとったプレイだとしたら——」

男の性衝動は排泄と同じで、理性ではどうにもならない。そこに裸の女が転がっていたら、覆いかぶさるのが本能というやつだ。そういう意味では、男性は性的弱者ともいえる。

なにしろ、女が訴えたら、男の人生は完全に破滅する。特に今の世の中では、性犯罪者として晒された男性は、立場が弱い。

この動画も、一見、レイプ被害者は女だ。しかも、その現場をこんな形で拡散されている。これほど残酷な話はない。

が、見方を変えれば、こんな動画を拡散されて困るのは、男とて同じだ。男の社会的地位が高ければ高いほど、致命傷だ。

中には、自殺する人もいるだろう。

実際、碓氷篤紀は自殺した。

碓氷篤紀は、月村珠里亜が告発したから自殺したのではない。

この動画によって顔が晒されたから、自殺したのだ。

いや、それとも、「顔を晒すぞ」と脅かされただけかもしれない。事実、この動画がネットに拡散したのは一ヶ月ほど前。碓氷篤紀が自殺したあとだ。もしかしたら、水面下ではもっと前から流出していたかもしれないが。

いずれにしても、この動画はツールに過ぎないのだ。プレイに参加した男たちを、脅迫するための。

きっと、他のスーツ姿の男たちも、社会的地位の高いエリート、または有名人なのだろう。この動画が拡散されて、今頃、震えているに違いない。

それにしてもだ。この動画を企画したのは誰なんだ？

あれこれと考えを巡らせていると、携帯電話の着信。アナウンサー部の山城貴代からだった。

「比呂美、今、空いてる？　ちょっと会えない？」

「え？　今？　……うん、空いてるけど。どうしたの？」

「どうしても、相談したいことがあって。私一人では抱えきれなくて」

「なに、どうしたの？」

「前に、麻乃紀和のストーカーから茶封筒を預かった……って言ったでしょう？」

「まさか、まだ、貴代が持ってるの？」

「うん。麻乃紀和に渡そう渡そうともたもたしているうちに時間だけが過ぎて。……で、その茶封筒にうっかりお茶をこぼしちゃってさ。それで仕方ないから、中身を見てみたんだけど……」

「やっぱり、カミソリが？」

「違う。もっとヤバいものよ！　とにかく、会えない？　今、どこにいるの？」

「いつものカラオケボックスだけど……」

「局の裏にある、あのカラオケボックス？」

「うん、そう」

「じゃ、今から行く。待ってて。すぐ行くから」

その十分後、山城貴代が幽霊のような青い顔で現れた。

「これを見て」

そして、厄介物を押し付けるように、紙の束を比呂美に押し付けてきた。

それは、ふにゃふにゃにふやけた便箋だった。派手にお茶をこぼしたものだ。でも、字はボールペンで書かれていて、多少の滲みはあるが原形を留めている。……それにしても、なにかおどろおどろしい。〝死〟だの〝殺〟だの、物騒な言葉があちこちに見える。

「とにかく、読んでみて」

青い顔をして、山城貴代が催促する。その圧に押される形で、比呂美は字を追っていった。

＊

麻乃紀和様

はじめまして。私は桑原芳子（よしこ）と申します。桑原慎二の妻です。桑原慎二、もちろん、ご存じですよね？　四谷の高級マンション、ル・モニュマンのグランドマネージャーだった人物です。そして、あなたのクライエントだった人物です。

夫は、リストラ、そしてマンションのマネージャーという慣れない仕事で心を壊し、双極性障害に苦しんでおりました。いわゆる、心の病です。病院から処方される大量の薬を飲み、なんとか仕事だけは続けていましたが。……家に戻ると「死にたい」と繰り返し、生きているのもやっとという有様でした。本当に辛そうでした。まさに、生ける屍（しかばね）という状態でした。そんなときです。夫がいつになく、興奮気味にこんなことを言いました。

「今日、職場のマンションで、麻乃紀和を見た。いい機会だ、診てもらうつもりだ。麻乃紀和、知っているだろう？」と。

「もちろんよ」私は答えました。「テレビで引っ張りだこの、アメリカ仕込みの心理カウンセラーでしょう。何百人という人を救ってきた凄い人なんでしょう？　でも、そんな偉い先生に簡単に診てもらえるの？」

「大丈夫だ。もう予約は入れた」と。

夫が言うには、麻乃紀和先生はマンションの一室を借りて、カウンセリングを行っていると。

でも、カウンセリング料は高額なんじゃない？　そんな偉い先生だと。……言うと、

「大丈夫だ。無料でやってくれるらしい」

違和感を覚えました。いくらなんでも、無料って。タダより高いものはないと言います。私は不安になりました。

その不安が、的中しました。

夫が死にました。しかも、八人の女性を殺害し遺体を損壊した罪まで背負ってしまいました。

私は、どうも納得がいきませんでした。

確かに、夫のメンタルは不安定でした。何種類もの薬を毎日大量に飲み、無気力状態に陥ることもありました。逆に、衝動的になることもありました。

だからといって、八人の女性を殺害してしかも、その遺体を損壊するなんて。とても考えられません。いったい、なんのために？

警察の人は言いました。

事件があった二八〇四号室は、空室。夫は無断でその空室に女性たちを招き入れて、殺害したんだと。

あれ？　と思いました。二八〇四号室は、確か、麻乃紀和先生が借りていた部屋ではないか？　そうだ。夫がいつだったか、そんなことを言っていた。

「麻乃紀和先生は、あの部屋で、秘密裏にカウンセリングをしているんだそうだ。というのも、あれほどの有名人だ。公表すると相談者が殺到するからね。だから、あの部屋を先生が借りていることも内緒なんだ。僕は、その手伝いをしているんだよ」

どういうこと？　と訊くと、

「先生が、あの部屋に来るのは、僕だけがフロントにいるとき。そして、二八〇四号室を訪ねてきた人がいたら、セキュリティを解除する。それが、僕の役目だ」

なんとも不思議な役目を仰せつかったものです。でも、その役目のおかげで、夫も無料でカウンセリングが受けられるのなら、ラッキーなのかもしれない。私はそう納得したのですが。

そして、あの大量殺人事件。

麻乃先生が借りていたはずの、二八〇四号室で。

でも、事件が発覚したとき、その部屋にいたのは夫でした。

異臭がすると他の住人から苦情があり、夫が二八〇四号室に行ったんだそうです。でも、なかなか戻ってこない。心配になった他の管理人が部屋に行ってみると、夫が放心状態でうずくまっていたそうです。

警察は、参考人として夫から事情を聴いたそうです。同マンションの二十階にあるラウンジで。でも、夫はすでに正気を失っており、まともな聴取はできなかったそうです。日を改めようと警官がソファから腰を上げたとき、夫は突然駆け出し、そのままベランダから身を投げたんだそうです。……これでは、夫が犯人だと思われても仕方ないでしょう。状況証拠というやつです。

夫が自殺したのは、理解できます。それでなくても夫のメンタルは弱り果てていましたので、警察に問い詰められて、衝動的に自殺してしまったのだと思います。実は、夫は何度も自殺未遂しています。だから、いつか本当に自殺してしまうのだろう……という予感はありました。

でも、八人の女性を殺害したというのは、どうしても信じられません。納得がいきません。私は警察に何度もそう言いました。

あの部屋は、麻乃紀和が借りていた部屋だと。あの部屋で、秘密裏にカウンセリングをしていたのだと。

すると、警察は、それは夫の作り話だろう……と。または、妄想だろう……と、受け付けてくれません。というのも、二八〇四号室には、麻乃紀和の形跡は一切なく、しかも、他のスタッフも、麻乃紀和を見かけたことはないと。

夫が言うには、麻乃紀和はカウンセリングを秘密裏に行うために、お忍びであのマンションにやってきていた。でも、夫に見つかってしまった。だから、麻乃紀和は夫を協力者にした。

夫のその言葉を裏付けるために、私、調べたんです。

私の兄が司法書士をしておりまして、兄の協力のもと、二八〇四号室の所有者を調べたんです。すると、豊島区巣鴨にある〝NPOオクトー〟という法人が所有していることが分かりました。さらに調べると、〝NPOオクトー〟は、宗教法人・八真教のトンネル組織ということが分かりました。八真教といえば、政界や富裕層に多くの信者を持つ、新興宗教団体です。今までにも様々なスキャンダルがありましたが、そのたびにどういうわけか揉み消されてきました。嫌な予感がして、八真教を調べると、その理事の中に、〝加瀬淑子〟という名前を見つけました。そうです。「あなた、不幸になるわね」で大ブームを巻き起こした、占い師の加瀬淑子です。まあ、それには驚きませんでした。八真教と加瀬淑子の関係は、前々から噂されていましたから。驚いたのは、理事の中に、〝鈴木聖子〟の名前を見つけたときです。

鈴木聖子とは、麻乃先生の本名ではありませんか？　先生も、八真教の関係者だったのですね！

なるほど、それで、二八〇四号室を自由に使うことができたんですね。八人を殺害

先生は、二八〇四号室で、いったい、なにをされていたんですか？　八人を殺害し、遺体を切断したのは、麻乃先生ではないのですか？

いつだったか、美容室で週刊誌を読んでいたら、八真教の記事が載っていたことがありました。八真教には、特別な儀式があると。その儀式には、八人の生け贄が必要だと。

眉唾ものだと、そのときは信じませんでしたが。

でも、二八〇四号室で発見された遺体も、八人。

偶然でしょうか？

お願いです。夫の名誉を回復させたいのです。このまま、殺人鬼の汚名を着せられたら、子々孫々、私たち一族は日の当たる場所に出ることは叶いません。殺人鬼の子供と罵られる息子と娘が哀れでなりません。

ですから、お願いです。

麻乃紀和先生、自首してください。

でなければ、私が警察に訴えます。

一ヶ月、待ちます。一ヶ月後、麻乃先生がなにもアクションを起こさなければ、

私は迷わず、警察に行きます。

＊

「……なに、これ」

手紙を読み終えた比呂美は、放心状態で、山城貴代を見た。「つまり、麻乃紀和が、あの事件の犯人ってこと？」

「でも、もしかしたら、桑原芳子って人の妄想かもしれない」相変わらずの青い顔で、山城貴代が薄く笑う。

「妄想にしては、具体的過ぎるわよ。……特にＮＰＯオクトーとか、八真教とか加瀬淑子とか……あ」

「なに？」

「ＦＧＨテレビのデータベースに、あった。巣鴨にある養護施設、聖オット学園の設立メンバーに、加瀬淑子の名前があったのよ！」

「どういうこと？」

「つまり、ＮＰＯオクトーと聖オット学園と八真教はつながっているってことじゃない？」

「だから、どういうこと？」

問われて、比呂美はすぐに答えることはできなかった。その代わり、

「っていうか、〝オクトー〟ってなに？　〝オット〟て？」

と、比呂美は、すかさず、スマホの画面に指を滑らせた。

「……〝オクトー〟はラテン語で、〝八〟。そして、〝オット〟もイタリア語で〝八〟」

え？　……四谷のマンションで見つかった遺体も八人、モンキャット事件で監禁されていた少女も八人、……そして、さっきまで見ていた流出動画で神奈乙音を輪姦していた男たちも、八人。

どういうこと？

「〝八〟って、聖なる数字みたいよ」

山城貴代が、自身のスマホに指を滑らせながら言った。「八真教のホームページに出ている。教義によると中国の占術〝八門遁甲〟から来ているみたい。あと、仏教の〝八正道〟、それと、ノアの箱舟に乗った人間が八人で……。っていうか、ごっちゃ混ぜだね、八真教って古今東西の宗教のいいとこ取りをしているだけじゃない。やっぱり、インチキだ」

しばらくは、スマホに指を滑らせていた山城貴代だったが、

「っていうか。どうしよう？　この手紙？」と、おもむろに顔を上げた。その顔は、

やっぱり青い。

「どうしようって」答えは一つしかないように思われた。「……警察に届けるしかないんじゃない？」

比呂美は、しごくまともな意見を、吐き出した。

15

「静子、聞こえている？　静子？」

今日も、ママの声がする。酒灼けの、ダミ声。……その声、大嫌い。

「……聞こえているわけないか」

聞こえている。ちゃんと聞こえている。

「覚えている？　麻乃紀和とかいう人。あの人、逮捕されたんだって」

なんで？

「人は見かけによらないね」

だから、なんで？

「まあ、人のことなんて、どうでもいいよ。問題は、あんただよ」

私が、どうしたの？

「……なんで、こんなことになったんだろうね。……こんな中途半端な形で生かされてしまったんだろうね」

ママのダミ声に、鼻声が滲んでいる。

「もう、限界だよ。お金がないんだよ。今月の入院費、五十万円だって。……どうしよう？」

…………。

「本当に、なんでこんなことになったんだろうね……、なんで……。ね、なんで、こんなことになったんだよ！」

ママの問いに、月村静子は記憶のページをめくっていった。

そう、あれは、秋だった。十月の二日。

私は、葉山に向かっていた——

五章

16

清純派女優神奈乙音、熱愛発覚！　お相手は、ＩＴ長者の荒屋敷社長！

「清純派？　あんな動画が流出したっていうのに。どこが清純派？」

月村珠里亜は、手入れの行き届いた指でスマートフォンの画面をなぞりながら、小さく笑った。それは、なにか楽しい遊びを思いついた子供がふと漏らす、無敵で無邪気な笑み。

「神奈乙音なんて、死ねばいいんだ」

そして珠里亜は、今更ながらに車窓に視線をやった。

昼下がりの国道１３４号線。道沿いに、鬱々とした彼岸花がところどころで揺れている。と、突然、視界が開けた。

「あ、葉山御用邸！」

慌ててスマートフォンのレンズを車窓の外に向けると、ぱしゃりとシャッターを切る。

引き続き、

今、彼の車の中。
お世話になっている方の別荘に向かっているところです。
なんと！ 私のために結婚パーティーを開いてくださるんだそうです！
天気予報では雨だったけど、見てください、この秋晴れ！
私って、ほんと、晴れ女！

と、早速、Twitterで呟く。

瞬く間に、千を超える「いいね」。一時間後には、十万は超えるだろう。そして、有名検索サイトのトップニュースに「カリスマブロガー月村珠里亜、葉山で結婚パーティー」という見出しが躍るに違いない。

よし、もっとサービスしておくか。

珠里亜は、運転席にレンズを向けた。

「よーちゃん、ほら、こっち見て」

「え？」

ぱしゃり。


見てください！　よーちゃんと私、今日は嬉し恥ずかしペアルックなんです！


呟くと、さらなる「いいね」の嵐。

が、

この画像、完全によそ見運転ですよね？　危ないですよね？　こういうことはやめたほうがいいです。よそ見運転で、警察に通報しますよ？

っていうか、ポロシャツでパーティーですか（ワラ）

と、心ないコメントもつく。

「ちっ」心の中だけで舌打ちしたつもりが、運転席にも届いたようだ。

「どうしたの？」

よーちゃん……洋平が、ちらちらこちらを見る。

「いつものアンチよ」

「アンチ？」

「そう。匿名掲示板にあることないこと書いてみたり、私のSNSに張りついたり。特にうざいのが、私のこと嫌いなくせして、私のTwitterにいちいちお小言のコメントを残すやつ。ブロックしてもブロックしても、アカウントを替えて、コメントを残すんだから。この一ヶ月、ずっとそう。鬱陶しいったらありゃしない」

「もしかして、アレが原因じゃない？」

「アレって？」

「ほら、半年前、検察官をレイプで告発したじゃない」

「ああ、碓氷篤紀の件ね。あれは、大炎上だった。私は被害者なのに、まるで私が悪いみたいに非難されて。いやんなっちゃう。……碓氷のやつ、自殺なんかするから」

「日本人は死者に甘いからね。どんな悪人だって、死んだら同情が集まる」

「検察官って、案外メンタル弱いのね。……まさか、自殺するなんて思ってもなかった。あんなことで」

「あんなこと？　……え？　もしかして……？」

「そう。あの告発は全部嘘。デタラメ。数回、仕事で会っただけ」

「え？」

洋平が、怯えた犬のような目でこちらを見る。

「ほら、よーちゃん、安全運転して」

「……デタラメなの？」

ハンドルを摑む洋平の手が、小刻みに震える。

「だって。……ちょっとしたバイトだったのよ。ある人に頼まれて」

「バイト？」

「そう」

「いやいや、バイトって……」

「お金はね、この世で一番大切で尊いの。それをくれるっていうなら、なんでもしなくちゃ」

「………」

「よーちゃんだって、お金、大好きでしょう？」

「そりゃ……嫌いじゃないけど。でも」

「私がよーちゃんと結婚したのも、お金のためよ？」

「え？　俺、金なんて持ってないよ……」

「あなたのお金なんて、最初からアテにしてない」

「……どういうこと？」

「あなただって、薄々気がついていたでしょう？　これは偽装結婚だって」

「まあ……それは」

「これは、ゲームなのよ。……賭けなのよ」

「賭け？」

あなたって本当に性悪ですね。そんなことでは、いつか地獄に堕ちますよ（ワラ）

それにしても、本当にダサいポロシャツですね（ワラ）

「あ」

また、コメントがついた。

まったく、本当に鬱陶しい。この貧乏人が！

珠里亜は、指先に力を込めて、コメント欄をこつんと叩いた。

……死ね。

「どうしたの？　また、誹謗中傷？」

洋平が、心配そうにこちらに視線を送る。

「ポロシャツでパーティーですか……って笑われた」

「確かに。ポロシャツでよかったの？」

「いいに決まっているでしょう。今日は、そういうパーティーなんだから」

「平服でご参加ください……ってやつか」

「そう。それにこのポロシャツは、そんじょそこらにある安物じゃないんだからね！　一枚、五十万円はするブランド品なんだからね！」

「え。そんなにするの？　これ」

「そうよ。だって、特注品なんだもの。なのに、ワラってなによ。ああ、ほんと、ムカつく！　死ね、死ね、死ね」

スマートフォンのディスプレイをパンパン叩いていると、

「まあ、そんなにカリカリするなよ。ただの嫉妬だよ。君が、羨ましくて仕方ないんだよ。だから、気にすんなよ。落ち着いて。一旦、スマホから離れて」

と、洋平が旦那気取りで窘めてきた。

なによ、洋平のくせに生意気。でも、まあ、今だけは許してあげる。だって、私たち、新婚なんだから。偽装だけど。

珠里亜は、スマートフォンを一旦膝の上に置くと、物分かりのいい奥さんの体で応えた。

「ごめんなさい。つい、カリカリしちゃって」

「そう、落ち着いて。ただの嫉妬なんだからさ。いちいち反応しちゃダメだよ」

「そうね、ただの嫉妬ね。じゃ、もっと嫉妬させちゃいましょうか。よーちゃん、もう一回、こっち向いて」

「え？　なに？」

「だから、こっち見て」

珠里亜はシートベルトをはずすと、運転席に体を寄せた。ツーショットで自撮りするためだ。

「おい、だめだよ、危ないよ」

ぱしゃり。

シャッター音と同時に、なにか小さな衝撃が車体を襲った。それは一瞬のことだったが、運転席の洋平の顔は見る見るこわばっていく。

「よーちゃん？　どうしたの？」

「なにか、轢いたかも」

「え？」

「なにか、見えたんだよ。小さい何かが」

「気のせいよ」

「そうかな。でも、確かに」

「じゃ、確認してみる？」

「え？」

「車を止めて、確認してみる？」

「……いや、気のせいかも」

「そうでしょう？　気のせいよ。さあ、急ぎましょう。みなさんがお待ちよ」

「うん、そうだね」

そして洋平は、何かから逃げるようにスピードを上げる。

そう、気のせいよ。

言ってはみたが、珠里亜はその瞬間を、視界の端でとらえていた。

なにか小動物が飛び出してきたことを。たぶん、今頃はぺっちゃんこだね。

そんなのを見たら、動物好きの洋平のことだ、動転して、自宅に戻ると言い出すかもしれない。

冗談じゃない。

今日は、大切なパーティー。

あの手この手で、ようやく開いてもらったパーティー。それを台無しにするわけにはいかない。

「ほんとうに、なにも轢いてないかな？」

……まったく、この男の肝っ玉の小ささときたら。

珠里亜は、そっと、運転席に侮蔑の視線を送る。

あ、鼻毛。よーちゃん、鼻毛がでている。……まったく、あれほど言ったのに、鼻毛処理は今時男子の最低限の身だしなみだって。なのに、今日も忘れている。しかも、ハンドルを握る手も。手の甲と指のもじゃもじゃが、気になって仕方がない。しかも、爪もギザギザ。出がけに慌てて自分で切ったのだろう、やすりすらかけていない。しかも、ささくれまで。

お里が知れるとは、まさにこのことね。

松野（まつの）洋平は、売れないお笑い芸人だ。売れなすぎて、こっそりＡＶにも出演している。デビューして十年。三十三歳でこれだ。いってみれば終わったも同然の芸人だったが、珠里亜はそんな洋平を夫に選んだ。それを発表したとき、

『カリスマブロガー、売れない芸人と格差婚』

と、どの検索サイトもその見出しをトップに飾った。

快感だった。

マスコミからの取材も殺到した。

案の定、洋平のＡＶ出演も暴かれた。世間は、ＡＶ出演した女性を傷物として扱

うが、AVに出演した男はそれ以上の「キワモノ」として扱われる。女性の場合は、一時の過ち、強制されて……などなどいろいろと言い訳もできるが、男性はそういうわけにはいかない。女性よりもギャラは少なくさらに過酷な労働を強いられる上に、「変態」あるいは「キワモノ」として、永遠に傷を残す。

「なぜ、そんなキワモノと結婚を？」

あからさまにそう訊いてくる人もいた。

「愛しているからです。彼に一目惚れしたんです。職業は関係ありません」

そう答えると、Twitterとインスタグラム、そしてブログには「いいね」の嵐。

ああ、快感。

が、中には、

「話題づくりのためでしょ」「ネタにするための偽装結婚でしょ」と、難癖をつけてくる者もいた。……本当のことを言われると、カチンとくる。珠里亜は、難癖をつけてくるやつを片っ端から記録に残している。あまりにひどい場合は、その手の業者に依頼して人物を特定し、内容証明郵便を送りつけている。たいがいはそれで黙るが、中には忍者のように神出鬼没なやつもいる。

それが、こいつだった。

『よそ見運転で、警察に通報しますよ？』

二十四時間、私に張り付いて、ブロックしてもアカウントを替えて、こうやっていちいち脅迫してくる。もちろん、それはただの脅しで、いってみれば、チンピラのいいがかりのようなものだ。このチンピラは、本当にしつこい。でも、なかなかしっぽを出さない。だから、まだ人物を特定できないでいるのだが、今に見てろ。必ず、特定してやる。そして、必ず、お礼をしてやる。

でも、ま。今日は大目に見てやるわよ。だって、今日は大切なパーティー。待ちに待った、特別なパーティー。それに向かって、気持ちを集中させなければ。

＊

「なーにが、葉山よ、パーティーよ」

麻乃紀和は、拳を握った。勢いでそれをタブレットのディスプレイに放ちそうになったが、寸前で、止めた。あいつのせいでタブレットがパーになるなんて、馬鹿馬鹿しい。悔しすぎる。……これ以上、犠牲は増やしたくない。あいつのせいで、これ以上、大事なものを失いたくない。

紀和が、最愛の息子……篤紀を失ったのは半年前の春のことだ。手塩にかけて育てた自慢の息子。が、あの子は、死んだ。享年三十四。

原因は、この女だ。この、月村珠里亜だ。

紀和は、その指先で、ディスプレイに表示されている女の顔を弾いた。

「この、どぶすが！」

言ってはみたが、その顔は「どぶす」にはあたらない。

絶世の美女というほどではないが、好感度は抜群だ。薄めのメイクにセミロングの黒髪。控えめな真珠のピアスに小さなサファイアが揺れるチョーカーネックレス。そして極めつきのプリンセスラインのワンピース。まるで清楚なお嬢様コスプレをしているような隙のない外見に、世間はころっと騙されるのだろう。

この女が、息子に「レイプ」されたとネットで騒ぎだしたのが、半年前。信じられなかったが、もしかして……という思いもあった。そんなときだ。息子は自殺した。

そのニュースを聞いたとき、紀和はどうしていいか分からなかった。産みの親ではあるが、今は父方の籍に入り、自分は遠くで見守るだけの存在。日陰の身だ。が、あの子の父親が温情を示してくれた。葬式前の遺体に会わせてくれたのだ。その死体を見て、紀和は叫んだ。

なんで、篤紀は死んでしまったの？　なんで？

そうだ、あの女がいけないんだ。あの女が！

紀和は、月村珠里亜について徹底的に調べた。そして、彼女が希代の嘘つき女であることを突き止めた。

過去、月村珠里亜に嘘の告発をされて、社会的地位を失ったものや心を壊した人がゴロゴロみつかった。

やっぱり、息子は月村珠里亜の餌食になっただけなんだ！

許せない。

絶対、許さない。

紀和は決意した。自分の残りの人生は、息子の復讐に捧げよう……と。

でも、どうやって？

簡単だ。

月村珠里亜を、息子と同じ、いやそれ以上の苦しみの中で、消してやる。

懇意にしている加瀬淑子先生には止められた。

「人を呪わば、穴ふたつ」と。

人を呪い殺そうとすれば、自分もまたその報いで殺され、墓がふたつ必要になる……ということだが、そうなっても構わないと思った。刺し違え、上等。あいつを確実に消せるなら、自分の命など惜しくない。

「それほど、言うのなら」

と、先生は、ある秘儀を教えてくれた。それは、古代から続く「呪術」だ。そして、部屋も貸してくれた。

「でも、本当にいいの？　それを一度作ってしまったら、あなた自身も取り憑かれてしまうのよ？　ずっとずっと、呪い続ける羽目になるのよ。呪われるほうも大変だけど、呪うほうがもっと大変なのよ、苦しいのよ」

構わない。自分も地獄に堕ちようとも。あの女がのうのうと生きていることのほうが、よほど地獄だ。

そして、紀和は、先生から教えられた通りに、あるものを作っているところだ。それを作るには、数々の躊躇いと嘔吐と恐怖を抑える必要があった。何度も挫けそうになった。なるほど、この呪術は、その過程にこそ意味があるのだろう。生半可な恨みなら、入り口でやめてしまうに違いない。そんな半端者を排除するためのテストでもあるのだ。

が、紀和は、どんなに失敗しても、その過程を止めることはなかった。それだけ「恨み」は深かった。

まもなく、それは出来上がる。今日か、明日か。

いずれにしても、それが出来上がれば、あの女は終わりだ。その最期を想像しただけで、ぞわぞわとした快感が体中を巡る。

「待ってろよ、月村珠里亜」

17

珠里亜と洋平を乗せたBMWが、ひときわ奇抜な和洋折衷の館に到着したのはそれから二十分ほど後のことだった。十五時十六分。

開始は十五時だけど、あえて、十六分遅刻した。なのに、洋平は、

「大丈夫かな？　急がないと」

と、額に汗をびっしりと集めて、せかせかと落ち着かない。

みっともない。落ち着いて。主役は、遅れて到着するものなのよ。それが、礼儀のようなものなのよ。お客が揃ったところで、「お待たせしました」ってね。

「ね、急がないと」

煩い洋平を横目に、珠里亜はスマートフォンに指を滑らせていく。

「ちょっと待ってよ。今、ブログをアップしているところなんだから」

「でも、十六分、遅刻しているよ？　……って、さらに一分過ぎたよ！　まずいよ！」

ほんと、煩いわね。……でも、確かに、ちょっと遅れすぎたかしら。ちょっと急

ぎましょうか。

ああ、でも、待って。その前に。

珠里亜は、グローブボックスからガムテープを探し出すと、

「よーちゃん、両手、出して」

「え？」

怪訝(けげん)な顔をしながらも、ちゃんと両手を差し出す洋平。

いい子ね。あなたの数少ない長所でもあるわ、その素直で単純なところ。でも、そうじゃない。手の平じゃなくて、手の甲よ。

珠里亜は、その手の平をぱしりと叩いた。すると、なにかの機械みたいに手がおもしろいようにひっくり返る。

そう、いい子ね。

引き続き、珠里亜はガムテープをバリバリバリと引きちぎると、それを洋平の手の甲を覆うように貼り付けた。

「え？」

という表情が浮かんだのを合図に、ガムテープを一気に剝がす。

「うげっ」

なんとも情けない声が上がる。

見ると、手の甲は真っ赤だ。そして、ガムテープの粘着面には、気味の悪いもじゃもじゃがたっぷりと。

うーん。快感。

「さあ、もう一方の手もやるわよ」

一瞬、拒絶の表情を見せる洋平だったが、珠里亜が「さあ」と促すと、犬のように、その手が差し出された。

いい子ね。

そして、珠里亜はもう一方の手にガムテープを貼り付けた。

「お待ちしておりました」

館のエントランスに到着すると、ポーターが恭しく声をかけてきた。

まるで、高級リゾートホテル。

そう、ここは、かつては外資系の高級ホテルだった。それを、Q氏が従業員ごと買い取り、別荘にした。

Q氏とは、半年前、とあるパーティーで知り合った。……ドラッグパーティーだ。ドラッグとは、文字通り、「薬」だ。といっても、違法な「薬」ではない。日本ではまだ認可は下りていないものの、その効果は保証つきの医薬品を試すパーティーだ。珠里亜も、ハリウッドセレブに人気だというアンチエイジングの薬を試してみた。効果抜群だった。一晩で肌がすべすべになり、唇もぷっくりと膨らみ、傷んでいた髪も艶と健康なキューティクルを取り戻し、陰毛まで、チンチラのような手触りとなった。さらにいえば、性器の具合もよくなった。まるで処女のような張りと弾力が蘇り、バラ色に輝きだした。いつまでも眺めていたくなるような美しさだ。まさに、楊貴妃も泣いて喜ぶような、魔法の薬。これが認可されれば、どれほどの売り上げが見込めるか。が、認可されたとしても、あまりに高価すぎて、使用できるのは富裕層の一部だろう。なにしろ、一回分で二百万円。

この薬に比べれば、麻薬などただの安物のおもちゃだ。事実、麻薬は、弱者を調教するために使用する粗悪なジャンクに過ぎず、売人たちは売りはしても、使うことはしない。

そう、Ｑ氏は、その筋ではよく知られた、麻薬の売人だった。

半年前、珠里亜は人脈のすべてを使って、Ｑ氏に近づいた。Ｑ氏と知り合いになれば、この国の上層部の末席につくことができる。もっとも、珠里亜の目的はそこではない。自分の稼ぎでは、それはまだまだ高嶺の花だ。一応、今現在、三千万円の年収があるが、上層部の一員になるには桁がふたつほど足りない。珠里亜の目的は、上層部の人脈だ。ここを押さえれば、違法とされていることでも合法となる。

そう、法律や憲法など、所詮は下層に向けられた「縛り」に過ぎない。上層が下層をコントロールするための、「ルール」。その証拠に、法律など、上層の都合のいいようにいくらでも変えられる。

珠里亜がそれを知ったのは小学生の頃だ。

「では、お荷物をお預かりいたします」

ポーターに言われると、

「え？」

と、洋平がおのぼりさんのように小さくパニクった。

「荷物は、ありませんが……」

「携帯電話やカメラ、または録音機などはお持ちではないですか？」

「え？　あ、はい。スマホなら……」

「では、スマートフォンをお預かりいたします」

「え？」

だから、スマホ、出しなさいよ。と、もたもたしている洋平の足を軽く蹴る珠里亜。が、今回は、いつもの従順さを引っ込めて、反抗を試みる洋平。

「スマホ、持ってちゃいけないの？」

「はい。申し訳ありませんが、会場内には、携帯電話、スマートフォン、カメラ、録音機などは持ち込むことはできません」

「なんで？」

往生際の悪い洋平の足をさらに蹴りつけると、珠里亜は自身のスマートフォンをポーターに差し出した。

「さ、よーちゃんも、出して」

言うと、洋平はようやく、懐から自身のスマートフォンを取り出した。そして、開き直ったように、

「スマホだけ？　財布は？　あと、名刺は？」

「貴重品は、ご自分でお持ちください」

「スマホだって貴重品なんだけどな……」

ぐちぐちと煩い洋平の足をまた蹴りつけると、被疑者を確保した刑事のように、珠里亜は洋平の腕に自身の腕を絡めた。

「さあ、行きましょう。みなさま、お待ちよ」

会場に向かうホール。洋平はまだ納得していないようだった。

「スマホ、なんなら財布より貴重品なんだけど」

などと、ぐちぐちが止まらない。まったく往生際の悪い男だ。

「盗撮、盗聴を防ぐためよ」珠里亜は、洋平の腕から、自身の腕をはずした。

「そんなこと、しないよ」

「した人がいたのよ、かつて。ベンチャー企業の社長って聞いた。小遣い稼ぎに、パーティーの内容を盗撮して、それを週刊誌に売ろうとしたの」

「そんなことしないよ、俺」

「そうよ。絶対、しちゃだめ。したら、あなた、バラバラにされるわよ」

「バラバラ？」

「五年ぐらい前に、ベンチャー企業の社長がバラバラ死体で発見された事件、覚えてない？」

「え？　……あ、あの事件？」

「そう、あの事件」

「…………」

「そんなことより、よーちゃん。あなた、名刺なんか持ってきたの？」

「うん、持ってきた。今日のために新しく作ったんだ。一枚百五十円もするやつを二百枚、特注した。金箔（きんぱく）だよ。奮発したんだ」

「そんなの、絶対出さないでね」

「なんで？」

「今日、集まっている人には、名刺は必要ないのよ」

「どういうこと？」

「名刺というのはね、なんの価値もない人が持つ、粉飾の道具でしかないのよ」

「粉飾……」

「そう。何者でもないやつが、自分を誇大アピールするためのまやかし」

「……」

「顔が知られている有名人や芸能人は、名刺なんか持たないものよ。だって、名刺なんか必要ないもの。違う？」

「確かに」

「だから、名刺なんて、絶対に出さないでね」

「うん、分かった」適当に返事をしながら、洋平が、みっともなくせかせかと前進する。

「だから、そんなに急がないの」

「でも、待っているよ、男の人が」

「あれは、ドアマン。ドアの開け閉めが仕事の人よ。待っているわけではない。あそこに佇んでいるのが、彼の役目。この別荘には、会場ごとにドアマンがついているのよ」

「つくづく、凄いな。ポーターがいて、部屋専用のドアマンがいて。まるで、西洋の貴族の館だな……」

「言っておくけど、ここのオーナーは、元華族よ」

「カゾク？　ファミリーってこと？」

「違う。だから——」

洋平の無知さ加減にうんざりしていると、ドアマンと、視線がかち合った。

するとそれが合図のように、その扉がゆっくりと開かれる。

珠里亜は、深く息を吸い込んだ。

＊

『今、パーティー会場の別荘の前です！　見てください！　この素敵な館！　ここは、もともと完全会員制のホテルで、一千万円の年会費を払える財力がないと、会員になれなかったんです。審査も厳しくて、ただお金を持っているってだけじゃ、会員になれないようなホテルだったんです。

今は、ホテルではなくて、ある方の別荘になったので、ますます審査が厳しくなりました。ここに入れるのは、ほんの一握りの、選ばれし者だけなんです！

その一員になれて、私、ほんと、嬉しいです！』

その書き込みを見て、麻乃紀和はまたまた毒づいた。

「はっ！　なんなの、この女は。選ばれし者？　なんなんだ、その選民意識は！　胸くそ悪い！」

と、同時に、アップされている館の画像の端にちらりと見える男の姿に、息子を重ねてしまった。

「よーちゃん」と呼ばれているこの男もまた、珠里亜の生け贄だと思うと、なんともいえない思いに駆られた。

そう。息子は珠里亜の〝生け贄〟だったのだ。

息子は、まじめで正義感あふれる子だった。エッチな本を隠れ読む年頃になっても、そんな素振りはひとつもみせなかった。それがかえって心配の種だった。こんなに奥手で大丈夫だろうか？　将来、ちゃんと結婚できるだろうか？　が、その心配は無用だった。息子は、女の子には割とモテ、性的な行為も、ハイスクール時代にそれなりに経験しているようだった。そう、息子にはエロ本やエロ動画を見る必要がなかったのだ。そんなのを見て興奮する必要が。

息子こそ、〝選ばれし者〟だったのだ。小さい頃から成績優秀、日本語と英語を完璧に操り、異性にもそれなりにモテ、父親に引き取られて日本に行っても順風満帆だった。大学在籍中に司法試験に合格、大学を卒業後は検察官の道を選んだ。弁護士になる人は多いが、検察官・裁判官はそうはいかない。司法修習生の中でも優秀な一握りの者だけが、その道を提示される。

検察官になった息子は、まさにエリートのそれ。同期の中で抜きん出ていて、出世コースの先頭を走り、末は検事総長とも言われていた。……失脚さえしなければ。

息子が一番恐れていたことが、それだ。いつだったか、立て続けに電話が来たことがあった。「ママ、僕になにかあっても、ママだけは信じて。ママだけは信じて。世間がなにを言おうと、ママだけは信じて」。思えば、あれは息子の遺言だったのかもしれない。そして、最後の電話は、特におかしかった。感情が不安定で、途中で泣き出した。そして、「怖い、怖い、怖い」と、子供のようにいつまでも泣きじゃくっていた。仕事が忙しいのが原因かとも思ったが、……いやな予感もあった。

薬をやっているんじゃないか？

もともと、あの子は薬に依存しやすいところがあった。子供の頃、歯が痛いというので鎮痛剤を与えたら、それが癖になった。鎮痛剤をいつでも欲しがり、それを拒否すると、仮病までつかって得ようとした。どんなに隠しても見つけだし、一度なんか十錠を一度に飲み、昏睡(こんすい)状態に陥ったことがある。大人でも十錠飲んだら、大変なことだ。

先生に相談して、小麦粉と漢方薬を固めたものを鎮痛剤と偽って与えてみたところ、そのあまりの苦さにそれからは鎮痛剤を欲しがることはなくなった。

それで安心もしていたが、常に不安は燻(くすぶ)っていた。

隠れて、よからぬ薬を使っているんじゃないか？

薬に依存する要因のひとつに、「罪悪感」がある。それを咎(とが)められれば咎められるほど罪悪感が募り、それがある沸点を超えると「快感」に変換されるというのだ。ギャンブル依存症、セックス依存症、アルコール依存症、薬物依存症。世の中にはありとあらゆる依存症があるが、その根っこはひとつなのだという。

罪悪感。

罪悪感は、ある種の痛みを伴う。その痛みが「依存」の正体なのだという。依存症に陥ると、脳が萎縮して回復不可能なほどにスカスカボロボロになるが、それは、痛みの痕跡なのだという。

たとえば、薬物依存の場合は、薬物が持つ作用でとてつもない快楽と幸福感が脳に溢れる。が、それが消えたとき、恐ろしい妄想に陥るのだ。それはほとんどの場合、得体の知れない脅迫者に追いかけられ、責められ、傷つけられるという妄想だ。それこそが「罪悪感」なのだが、依存もレベルが上がると、その「罪悪感」が、「快感」に変わるというのだ。ここまでくると、もう依存からは抜け出せない。廃人となって、依存地獄という沼に、落ちて落ちて、落ちていくだけなのだという。その説が本当だとすると、あまり強く禁止するのは逆効果なんじゃないか。だって、「罪悪感」まで、強くなる。そう思い、紀和は息子のやることにあまり口出ししないようにしてきた。子供の頃、タバコを吸っていた現場を目撃したが、見て見ぬ振りをした。放任主義というやつだ。引き取られた先でも、どうやら放任主義が貫かれていたようだ。

が、紀和は、今、激しい後悔の中にいる。

結局、放任主義だろうが過保護だろうが、「罪悪感」は育つものだ。

その証拠に、息子は最後の電話で「全部、自分が悪いんだ。僕は犯罪者だ」と罪悪感で悶(もだ)え苦しんでいた。そして、「僕は、死ななくてはならない」とまで。

そして、実際、死んだ。

ああああ!

紀和の全身に震えが走る。

ああああああ!

棺桶(かんおけ)に納まったあの子の姿を思い出すだけで、全身の骨が砕けたかのような激痛に襲われる。

あああああああああああ!

それでも、思い出さずにはいられない。

あのときの息子の顔を！

一見、きれいにエンバーミングが施されていたが、よくよく見ると、地獄の餓鬼のように恐ろしく歪んでいた！

……でも。その口元だけはなぜか微笑(ほほえ)んでいた。それはどこか恍惚とした表情にも見えた。

ああああああああああああああ！

返して。

あの子を返して……！

私のこの子宮に返して！

そしたら、今度こそ、あの子を守り抜く。悪い虫がつかないように、大切に大切に守り抜く。この世のありとあらゆる罪と悪から、あの子を守り抜く。

だから、あの子を返して……！

18

「いい？　よーちゃん。今、この瞬間に、罪悪感はすべて捨ててね」

珠里亜が言うと、洋平は、「へ?」と、間抜け面でこちらを見た。

「罪悪感を捨てろって……どういうこと?」

「言葉通りよ」

「なんだかよく分からないけど。……大丈夫だよ。罪悪感は、もともと薄いほうだから」

「そう?」

「うん。でなければ、陵辱モノのAVになんか、出ないよ。妊婦をサンドバッグのように吊したりさ」

「そんな作品にも出たの?」

「うん。あのときは、大変だったよ。蹴った衝撃で、破水しちゃってさ、そのまま出産したりして」

「………」

「で、胎盤を焼き肉にして、食べたんだ」

「………」

「公園で寝泊まりしているホームレスの女の頭に、下痢便をぶちまけたこともある。その女の糞も食らったよ。そしたら、その糞に、寄生虫の卵があったみたいで、俺も感染しちゃってさ、数ヶ月後に、サナダムシが尻から出てきた。それを監督に言ったら、早速、撮影。サナダムシをひっぱりだしてさ、それを焼きそばのようにいためて、食べさせられた。散々、養分をとられたんだから、今度はこっちが養分をとる番だ……とか言われてさ」

「………」

「ごめん、引いた？」

「別に」

「というわけで、罪悪感はないほうだから、安心して」

という割には、その額には汗がびっしょり。きっと、自分が体験した最悪の出来事を、できる限りデコレーションして粋がっているだけなのだろう。弱いチンピラほど、武勇伝に尾鰭をつけるものだ。まったく、この男は。ビッグマウスな割には、肝っ玉が小さいのが困る。

そんなことを思う珠里亜の指先も、氷のように冷たくなっている。まったく感覚がない。自分にも、まだこんな人間らしい感情が残っているのかと思うと、少しいじらしい気持ちにもなる。が、その人間らしさも、今日までだ。

私は、今、この瞬間、人間性をすべて剝ぎ取る。剝ぎ取らないことには、次のステップに進むことはできない。

「人間性とか良心とか正義とか愛とか。そんなものは、我々トップの人間が、下々を支配するために生み出したツールに過ぎないよ。そう、〝薬〟と同じ、調教の道具でしかない。だから、捨てなさい。人間性も良心も正義も愛も。そんなのを持っていたら、こっちの世界には這い上がってこられないよ。死ぬまで、支配される側の人間だよ。家畜だよ」

そう言いながら、一本の細い糸を垂らしてくれた、Q氏。

「この糸をつたって、こちら側に来ることができたら、合格。あなたも晴れて、家畜から卒業だ」

そして、珠里亜は、その糸を躊躇うことなく、つかみ取った。

だからこそ、ここにいる。

珠里亜は、胸が破裂しそうなほど息を吸い込むと、

「じゃ、行くわよ」

と、その部屋に体を滑り込ませた。

＊

そもそも、息子を罠に嵌めた月村珠里亜とは、どういう女なのか。

息子を失ったその日から、「月村珠里亜」の追跡が紀和の使命となり、生活のほ

とんどとなった。人はそれをつきまとい行為……ストーカーと呼ぶのだろうけど、紀和にとっては、聖戦に他ならず、正義そのものだった。

なぜなら、知れば知るほど、月村珠里亜は稀にみる悪女だからだ。こんな女を野放しにしていたら、世のためにならない。犠牲者が次から次へと現れるだけだ。

月村珠里亜は、そのハンドルネームをもじって「ジュリエット」という名前でも活躍しているが、まさに、「ジュリエット」だった。

『ロミオとジュリエット』ではない。

マルキ・ド・サドが書いたとされる悪書、『悪徳の栄え』のジュリエットだ。

自身の欲望を神として、快楽を教典に、邪魔者から親しき人まで甚振り、殺し、財産を奪う、悪女。……悪魔だ。

『悪徳の栄え』は、高校時代に読んだことがある。思春期にありがちな悪徳への憧れ。そして友人よりも一歩でも先に進んでいたいという青い競争心。そんな未熟な感情がないまぜになって、かつての発禁本をわざわざ取り寄せて読んでみた。が、すぐに投げ出した。そのあまりの非道、悪徳ぶりに、まずは理性が拒絶した。そして怒りが噴出した。

ジュリエットのような女は生きていてはいけない。まさに人類の敵だ！　死んでしまえ！　でなければ、私が成敗してやる！

その日の日記に、そんなことを書いたことをよく覚えている。

まさか、その日記の言葉を、今になって繰り返すことになるなんて。

「死ね、成敗してやる。死ね、成敗してやる」

紀和は、繰り返し呟きながら、月村珠里亜の追跡に没頭した。

月村珠里亜の追跡は、ほぼ、ネットで事足りる。

あの女は、自身の行動をいちいち、SNSに残してくれるからだ。

また、援軍もたくさんいた。月村珠里亜に痛い目にあわされた「被害者」たちや、月村珠里亜を生理的に嫌う「アンチ」たちが、「名無し」という名であちこちの匿名掲示板に月村珠里亜の情報を落としてくれている。

たとえば、闇サイト(ダークウェブ)の匿名掲示板でこんな書き込みを見つけた。

『月村珠里亜は、小学生の頃から女衒のようなことをやってます。クラスメイトに「お小遣い稼げるよ」と次々と声をかけて、ロリコンクラブに送り込んでいたようです。モンキャット事件、覚えてませんか? 小学生たちが監禁された事件。あの事件に、どうも関わっていたようです』

『小学生の頃に月村珠里亜と同じクラスだったという人を知っていますが、その人は月村珠里亜に陥れられ、今も精神を病んで、家から出られない状態です。噂では、彼女は月村珠里亜に騙されて、モンキャットに売り飛ばされてしまったそうです』

モンキャット事件。覚えている。二〇〇二年に起きた、児童買春を目的とした監禁事件だ。解決はしたはずだが、謎も多い。……それに、月村珠里亜が関わっている？

だとしたら、月村珠里亜の悪徳は、小学生の頃にはすでに花開いていたようだ。まさに、生まれながらの悪魔だ。

環境が悪を育てる……とよくいうが、環境以上に、その者が持つ資質が大きく作用しているように思える。同じような環境で育ってもまともに育つ子も世の中にはたくさんいる。性善説と性悪説、どちらが正解か……という議論があるが、どちらも正解なのだろう。要するに、人によるのだ。生まれながらの善人もいれば、生まれながらの悪人もいる。月村珠里亜は、いうまでもなく、後者。

さらに、こんな書き込みも見つけた。

『練馬区で起きた女子中学生の監禁リンチ殺人事件。犯人は地元の不良たちってことになっていますが、月村珠里亜が裏で糸を引いていたみたいですよ。殺害された子は地元でも有名な美少女で、ティーン雑誌の専属モデルにも決まっていたようなんですが、月村珠里亜がそれを妬んだんだそうです。それで不良たちにお金をつんで、監禁を依頼したそうです』

練馬区女子中学生監禁リンチ殺人事件。もちろん、覚えている。犯罪史上稀に見る凄惨な事件で、ニュースでその概要を聞いただけで、食事が喉を通らなくなったほどだ。少女は五十日間、犬用のケージに監禁され、連日連夜、言葉にもしたくないような残酷な方法で虐待されつづけ、そして、ゴミのように多摩川に捨てられた。

その事件を陰で操っていたのが、月村珠里亜？　震えあがっていると、こんな記事も見つけた。

『月村珠里亜が高校生の頃の噂なんですが。彼女に誘われてあるサークルに参加した女の子が自殺したんだそうです。なんでも、そのサークルは有名大学生を集めた乱交パーティーをやっていたようで、月村珠里亜は友人たちを次々と生け贄にして、大学生から大金をせしめていたようです』

充分に悪徳だが、練馬区女子中学生監禁リンチ殺人事件に比べれば、女衒行為などかわいく見える。

こんな書き込みも見つけた。

『月村珠里亜は、おやじを転がすのが天才的にうまくて。なんだかんだで男性教師や大人たちに可愛がられ、彼女の実力ではとうてい行けるはずのないX大学に、一芸入試で合格を勝ち取りました。そのときも、大学の教授に取り入ったという話です。なんでも、友人の女子高生を教授に差し出したんだそうです。で、その友人は謎の死。ほんと彼女を見ていると、神も仏もいないんだな……と思ってしまいます。

だって、あんなに悪事ばかり働いているのに、月村珠里亜はどんどん成功していくんですから。罰なんかひとつも当たらないんですから。なんだか、まじめに正しく生きているのが馬鹿馬鹿しくなる』

本当にそうだ。月村珠里亜のような女がこのままのうのうと生き続けたら、世の中はめちゃくちゃになる。秩序が崩壊する。

……そして、こんな書き込みも。

『月村珠里亜は、大学生のときもやりたい放題でしたよ。豪華客船世界一周ツアーを企画したんですが、女性は五万円と格安だったんで、結構、参加した人は多かった。でも、蓋を開ければ、男性客の相手をするセックス要員だったんです。つまり、買春ツアーだったんです。で、そのときの画像や動画を撮って、女たちを脅して、口を塞いだんです。ちなみに、男性の参加費は一千万円とも二千万円とも。そのときも、月村珠里亜は大金をせしめてますよ』

まさに、生まれながらの金の亡者。女衒。

さらには、こんな書き込みも。

『大学在学時から、広告代理店の社員や芸能人を集めて、なんだかんだと妙なサークルやパーティーを企画してましたね。で、その頃、半グレの下っ端に過ぎなかった荒屋敷勉とも噂になっていた』

荒屋敷勉。一代で年商一千億円の会社を築き上げた、別名ＩＴ長者。本人の年収は五十億円とも百億円ともいわれている。そして、今、清純派女優の神奈乙音と噂になっている、時の人だ。マイルドヤンキー風の見た目だが、実際、その昔は本物のチンピラだったようだ。

荒屋敷については、こんな書き込みを見つけた。

『荒屋敷社長は、マジでやばいよ。元は、女たちを騙して撮った裏ＡＶを配信していたんだよね？　噂では、女優やアイドルも騙して、ときには薬漬けにして、大企業の社長や政治家、官僚に斡旋（アテンド）していたらしい。で、やばい動画を撮っていたんだとか。その動画をネタにして人脈を広げ、エロ動画配信業者に過ぎなかった会社を、年商一千億の大企業にまで押し上げた。いまじゃ、園遊会にも呼ばれるほどのセレブになっちゃったけど、その園遊会の招待状だって、金で買ったという噂だ』

荒屋敷が経営する会社の株を持っているが、なんだか、気持ちが悪くなってきた。汚らわしい！　すぐに売っ払おう。

『そんな荒屋敷まで転がしているんだから、月村珠里亜は大した女です。怖いものなしです。で、その悪徳ぶりから、いつのまにか「ジュリエット」というあだ名がついたんです。もちろん、「悪徳の栄え」のほうの、ジュリエットです。それをハンドルネームにするんですからね、タダでは起きないとんでもない女ですよ』

とんでもない女というより、恐ろしい女だ。どうして、そこまでするのか。この女を突き動かすものはなんなのか？

あるとき紀和は、匿名掲示板にこんな質問を投稿したことがある。

『そんな女が、なんで、ブロガーなんてしょぼいことをしているんだろう？　あの女ぐらい承認欲求が強ければ、作家とか女優とかを選ぶ気がするんだけど』

すると、早速、反応があった。

『ブロガーをバカにしちゃいけない。あの女は有料コンテンツもやっていて、その額、月に一人千円。二千人以上の読者がいるというから、それだけで、月に二百万円以上の収入。その他に、ブログや配信動画の広告料もあるから、なんだかんだと、年収は三千万円以上なんじゃないかな。ちょろちょろと適当なことを書いて、年収三千万円。こんな楽な商売もない。作家でここまで稼げるのは一握り。下手に作家になるより、ネットのほうが稼げるし、なにしろ、楽』

なるほど。納得していると、こんな書き込みが投稿された。

『でも、あの女、小説家になるつもりらしい。聞いた話だと、某大手出版社の役員に取り入って、小説を文芸誌に載せてもらおうとしているらしいよ。目標は、芥川賞』

お金はあっても、やっぱり、欲しいのは権威なんだ。けっ。しかも、

『あの女、ノーベル文学賞を獲る！　とも言っているらしい』

『あの女なら、獲っちゃうかもな。選考委員の弱みを摑んで』

つくづく、恐ろしい女だ。体を震わせていると、

『そういえば、あの検察官はどうなったろう？』

という書き込みを見つけた。

『ほら、前に、レイプされた！　って月村珠里亜に訴えられた若い検察官だよ』

『ああ。そういえば、ブログでレイプ被害を告白していましたね。あれも、かなり作為的な告白でしたよね。唐突な上に、実名まで出して』

うちの息子のことだ。

紀和は、舐めるように画面の中の文字を追った。

『実名を出された男性、仕事で何度か会ったことがあります。キャリアで、同期の中でも抜きん出てた。検事総長になるのは彼だろう……って。でも、確かに女性関係は派手で――』

ない！　絶対、そんなことはない！　女性関係が派手なんじゃなくて、ただ、女性にモテていただけだ！　拳を振っていると、書き込みが更新された。

『その男性、仕事で何度かお会いしました。いい人でしたよ。少なくとも、レイプをするような人ではありません。……聞いた話だと、彼、月村珠里亜の客だったよ

うです』

客？

『覚醒剤です』

やっぱり。息子はあの女に薬を……。

『月村珠里亜とどんなふうに知り合ったのかは分かりませんが、定期的に彼女から薬を買っていたようです。……思うに、嵌められたんじゃないかと。というのも、その男性はその件で失脚しましたが、それで得した人間がいるって話です』

どういうこと？

『つまり月村珠里亜は、ある人に依頼されて、ありもしないレイプ被害を告白して、男性を社会的に抹殺したんじゃないかと……。まあ、噂ですから、よくは分かりませんが』

そうか、やっぱり、嵌められたんだ。しかも、月村珠里亜の他に黒幕がいる？

月村珠里亜を使って息子に薬を売りつけ、骨抜きにし、挙句、奈落の底に突き落とした、黒幕が？

いや、黒幕がいようがいまいが、そんなの関係ない。息子を追いやったのは月村珠里亜で間違いないのだから。息子だけでなく、あの女は私までこんなふうにした！

そう。私はあの日から、地獄の底を這いずり回りながら、恨みの呪文を唱えるだけの存在となり果てた。

先生はおっしゃった。一度、その地獄に堕ちた者は、二度と這い上がることはできない。

分かっている。それは、私自身が望んだことだ。

あの女が、どんなに悪事を重ねても地獄に堕ちないのならば、私がまず地獄に堕ちて、あの女を引きずり込むしかない。

だから、私は自ら、地獄に身を投げたのだ。鬼となったのだ。

待っていろ。必ず、必ず、地獄に引きずり込んでやる。

待っていろよ、月村珠里亜！

19

え？　呼ばれたような気がして、珠里亜はふと視線を後ろにやった。

が、そこにあるのは、緊張で鬼瓦（おにがわら）のようになった洋平の顔のみ。そして、

「……ね、なんで、みんな金色の数珠を手首にしているんだ？　パワーストーン？」

そんな素っ頓狂なことを質問してきた。

「あれは、成功の証なの。選ばれし者だけに与えられるものなの」

「じゃ、珠里亜ちゃんも持っているの？」

「私は、まだよ。でも、近いうちにもらえると思う」

「じゃ、俺は？」

もらえるわけないじゃん。珠里亜が無視していると、

「珠里亜ちゃん、お待ちしていたわ」

と、今度こそ、自分を呼ぶ声がした。

見ると、Q夫人が、笑いながら手招きしている。

その部屋は、パーティー会場というには、少々小さかった。ゆったりめのカフェといった趣だ。百平米ほどだろうか。集まった人物は三十人ほど。どの人も、くだけた私服だ。中には、ジーンズにTシャツに下駄履きという人物もいる。

そのカジュアルな雰囲気に、洋平の表情がふいに緩む。額の汗も、すっかり引いたようだ。

だめよ、洋平。見た目で安心しちゃ。ここにいる人たち、みんな凄いんだから。ほら、あの下駄履きの人、見たことない？　さきごろプロ野球チームをキャッシュで買って話題になった、仮想通貨長者よ。資産二百億円、去年の年収は四十五億円。

その隣にいるムームーを着た赤毛のおばさんは、累計発行部数二億部超えの国民

的漫画家、去年の年収は三十八億円。

その斜め横にいる、脂ぎった小肥りのきもいおっさんは、さすがに知っているわね。アイドルグループで荒稼ぎしている芸能プロデューサー。去年の収入は六十四億円。

その後ろにいる、時代遅れのボディコンワンピースを着てやたらと意識が高そうなおばさんは、大手出版社の取締役にして『週刊女性エイト』の名物編集長。年収は私より下の二千万円強だけど、この国のありとあらゆるスキャンダルを陰でコントロールしている、マスコミの女帝よ。あのおばさんに睨まれたら最後、スキャンダルまみれになって、潰される。去年もいたでしょう？　不倫で潰された女政治家が。あの人が捏造したのよ、不倫を。かわいそうに、その政治家、今ではＡＶ嬢。しかも、糞尿担当。……まあ、この件については、よーちゃん、あなたのほうが詳しいわね。でも、あのおばさんに気に入られたら、安泰よ。不倫をしようがセクハラしようが、もっといえば人を殺そうが、マスコミで叩かれることはない。

その斜め横で、なにやらニヤニヤと愛嬌を振りまいているのが、次期検事総長。年収はそれほどでもないけれど、言わずもがな、この国の「正義」を操る男よ。あの男も、敵に回したらヤバい。なにもしてなくても、しょっ引かれて、下手すれば、死刑を求刑される。

その横で難しい顔をしているのが、最高裁判所長官の息子。本人も裁判官で、ゆくゆくは父親の跡を継ぐ存在っていわれている。そしてその斜め前にいる小男が、FGHテレビのプロデューサー。小物だけど、侮れない。彼が作るドキュメンタリーは天下一品。賞もたくさん取っている。……フェイクなのにね。そう、あの男は、フェイクドキュメンタリーの帝王。天性の詐欺師よ。あの男も怖いわよ。あの男が作ったドキュメンタリーは世論を動かし、今までも、大物政治家や著名人が、失脚した。

それから、それから……。

いずれにしても、ここにいる人たちは、みんな凄い人たちなのよ。この国を牛耳っている人たちなんだから。

特に、私たちをエスコートしてくれているQ夫人。今日のパーティーの影の主催者でもあるこの夫人は、最強よ。この別荘のオーナーであるQ氏の内縁の妻で、かつては銀座の高級クラブの伝説のママ。そして、今は――。

いずれにしても、この人は、本当にヤバい人よ。この中で、一番、ヤバい人。だから、よーちゃん、この人だけは怒らせないでね。

「あら、ポロシャツ、ちゃんと着てくださっているのね」

Q夫人が、目を細めた。

何を隠そう、このポロシャツは、Q夫人が結婚祝いにくださったものだ。某一流ブランドの特注モノ。

が、珠里亜はあまり気に入っていなかった。だって……なんだかダサい。特に胸元に刺繍してある「八」という数字。アラビア数字ならまだしも、漢数字で。しかも、私のポロシャツにだけ……。

「〝八〟は、中国では最強のラッキー数字よ。珠里亜ちゃんのシャツにだけ、刺繍してもらったの。だって、奥さんがラッキーなら、夫も自ずとラッキーになるものじゃない？　よかったら、パーティーに着てきて」

そんなことを言いながら、Q夫人がこれをくださったのは、先週のことだ。……正直、あまり嬉しくなかったけれど、仕方ない。……ということで、今日はいやいや着てきたけれど。これが最後だ。金輪際、こんなのは着ない。

「さあさあ、珠里亜ちゃん、さあさあ、中央へ」

Q夫人に促されて会場の中央に行くと、そこにはケーキが用意されていた。『ご結婚、おめでとう』と書かれたそのケーキは、見た目はどこにでもある普通の一段ケーキだ。洋平などは、あからさまにがっかりといった表情をしている。

が、そのケーキにナイフを入れるやいなや、洋平の顔が変わった。そのケーキの中に、ぎっしりと詰め込まれていたのは、無数の小さな袋。その中には白い粉。

「末端価格五千万円ぐらいかな」

どこからか、声が飛んできた。見ると、この会場で唯一のスーツ姿の男だった。

「元警察庁長官よ」

耳打ちすると、洋平は、驚いたらいいのか笑ったらいいのかよく分からない、という表情になった。今にも泣きそうだ。そして、

「……この覚醒剤、どうしろと？」

「まあ、もらっておきましょうよ。これだけあれば、いろいろと使えるわ」

「なにに？」

「だから、いろいろとよ。あ、でも、私はやらないわよ。よーちゃんもやらないでね。これはあくまで、調教ツールなんだから」

「調教ツール……？」

「あるいは、抹殺ツール。よーちゃんも、気に入らない先輩とかプロデューサーがいたら、これを使うといいわ。簡単よ。ターゲットの持ち物にそっと忍ばせておくの。海外に行くときに忍ばせておけば、確実よ。行き先が中国だったら、なおさら。間違いなく、死刑よ」

「……死刑」

洋平が、間の抜けた笑いを浮かべていると、その背後から、バッファローのようなシルエットがのっしのっしと歩いてくる。

珠里亜の体に、力が入る。

Q氏だ。

Q氏と会うのは、これが四回目だ。が、いまだに慣れない。金縛りにあったかのように体がかちんこちんに緊張してしまう。それも仕方がない。Q氏はいってみれば、この国のフィクサーのような存在だ。表の世界ではほとんど知られていないが、裏に回れば、彼ほど恐れられ崇められている者はいない。

「今日は、このような会を開いていただいて、ありがとうございました……」

珠里亜は、最上級の笑顔で、深々と頭を下げた。どんなに緊張していてもとっさに可憐な笑顔が作れるように、ここ数日、ずっと練習してきた。その甲斐があったようだ。

「珠里亜ちゃんは、相変わらず可愛いな」

と、お褒めの言葉をいただく。

「恐縮でございます」

改めて深々と頭を下げる珠里亜の横で、洋平は相変わらず間の抜けた顔。ぽかんとしている。このがきデカのような五頭身のおっさんは誰なんだ？　そんな疑問が体中から溢れている。

「お、そちらが、旦那さんですか」

ありがたくもQ氏が声をかけてくださっているのに、洋平は「あ、どーも」と、往来で無遠慮に声をかけてきた一般人に接するかのように、雑に対応する。

まったく、この男は。

珠里亜は、洋平を隠すように、一歩、前に出た。そして、

「今日は、本当にありがとうございました」

と、さらに改めて、深々と頭を下げる。そんな珠里亜の両手をとると、Q氏は囁くように言った。

「なに言ってんの。こちらこそ、ありがとうね、珠里亜ちゃん。いい仕事をしてくれたね。依頼主も喜んでいるよ」

「恐縮です」

「今日はね、珠里亜ちゃんのために最上級のお礼がしたくてね。いろいろと趣向をこらしてみたんだよ。楽しみにしていてね。すぐ、はじまるからね」

「はい。……楽しみにしております」

「うん、うん。本当に、珠里亜ちゃんは可愛いな。いい子だな」Q氏が、手首に巻きついた金色の数珠を揺らしながら珠里亜の頭を何度も撫でる。

「じゃ、僕はここで失礼するね。今から、台湾に飛ばなくちゃいけないんだ」

「もう、お帰りに？」

「うん。ちょっと顔を出しただけなんだよ。珠里亜ちゃんの顔が見たくてね。ほんと、最後に会えてよかったよ。じゃね。楽しんでね」

そして、Q氏は、バッファローのような体を揺らしながら、ゆっさゆっさと、ドアに向かって歩き出した。

その姿が視界から消えると、

「あのおっさん、誰？」

と、洋平が、馬鹿面で訊いてきた。答えるのも面倒くさかったが、

「この別荘のオーナーで、今日のパーティーの主催者のQ氏よ」

「へー、あの人がQ氏」

が、洋平は特に驚く様子もなく、

「ところで、仕事って？ さっき、いい仕事したねって、褒められてたじゃん」

「よーちゃんには関係ないことよ」

「なんで？ 教えてよ。俺たち、夫婦じゃん」

「……半年前、私、ネットでレイプ告白したでしょ？ そのことよ」

「恐縮です」

「ああ。エリート検察官にレイプされたってやつ。でも、あれは嘘なんでしょう？……え？　もしかして、黒幕はQ氏？」

「しっ。軽々しく、そんなことを言わないの」

珠里亜が洋平の脛を軽く蹴ると、洋平もようやく空気を読んでくれた。会場を見回すと、

「……しかし、なんだね。思ったより、フツーのパーティーだよね。変に緊張して、損しちゃった」

「フツー？」

「なんか、タワーマンションの住人が週末に開くようなちょっとしたお茶会のようだな……って。富裕層の会員制だっていうから、なんていうか、もっとゴージャスなやつを想像していたよ。食べ物もフツーだしさ。キャビアとかフォアグラとか、まったく見当たらない。ま、確かに、シャブ入りのケーキには驚かされたけどさ。それだって、六本木の裏クラブとかでフツーにやってそう」

洋平は、フツー、フツー、フツーを連呼した。

そんな洋平を窘めようとしたとき、

「あ、荒屋敷社長だ」

と、洋平が、ミーハーのように声を上げた。そして、会場の前方を指で示した。

さらに、「神奈乙音もいる！」と、小学生のように目を輝かせた。

そんな洋平の声が聞こえたのか、荒屋敷がこちらを見た。そして、珠里亜を見つけると、片目を瞑り、右の親指を立てて見せた。

「なに？　荒屋敷社長と親しいの？」

洋平が、ジェラシーを滲ませながら言った。

「まあ、ちょっとね。大学時代に、仕事をしたことがあるのよ。それ以来の仲」

「……仕事？」

「そんなことより、よーちゃん。神奈乙音のファンじゃなかった？」

「うん。ああいうタイプ、めちゃ好み」

洋平は、今度は珠里亜に嫉妬をさせようとばかりに、「神奈乙音、マジで可愛いよな……、実物のほうが、百倍可愛いよな……天使だな……」と、鼻の下を伸ばした。

おあいにく様。そんなことで、嫉妬なんかしないわよ。……憐(あわ)れみは感じてもね。

本当、可哀想な子よね、神奈乙音は。

……清純派女優としての旬はとうにすぎ、そろそろヌード要員か？　と言われて悩んでいたところに、あんな動画が流出して。さすがにもうダメか？　と思われていたところに現れたのが、白馬の王子。王子というには少々おっさんだが、まあ、それでもいい。ヌードを晒しながら、二流、三流と堕ちていく前に、潔く芸能界を引退。そして華麗なる富裕層の妻となり、悠々自適の一生を送る。まさに、私はシンデレラ！　……そんなふうに皮算用しているでしょうね、あの女は。

でも、ご愁傷様。あなた、荒屋敷に遊ばれているだけよ。あなたにしてみれば、玉の輿に乗ったつもりでいるのかもしれないけれど、……それは、まったくの見当違いだから。

でも、まあ。今のうちは、シンデレラ気分で、はしゃいでいればいいわ。

ＩＴ長者のパートナーの座を心ゆくまで堪能していればいい。

今だけは。

＊

ちっ。

麻乃紀和は、ディスプレイを前に、舌打ちした。

月村珠里亜のTwitterでの呟きが止まったからだ。念のため、他のＳＮＳも確認してみるが、やはり、更新はされていない。

いつもなら、「今、これを食べてますぅ」とか「誰それさんと会ってますぅ」と、いちいち現況をアップする承認欲求の塊のような女だ。セレブのパーティーともなれば、殊更細かくアップするはずだが、会場前で、

『今日のパーティーには、著名人がたくさんいらしています。プライベートなパーティーなので、内容は詳しくアップできません。なので、明日までは更新できません。ごめんなさいね。じゃ、またね！』

などという、勿体振った呟きをしたのを最後に、ぱたりと更新が止まってしまった。

ちっ。

紀和は、再び舌打ちした。呟いたら呟いたでイライラが止まらない。でも、呟きが止まったら止まったで、イライラする。

まったく！　あの女ときたら！　その存在そのものが、イライラのもとなのだ。あの女が生きている限り、このイライラは止まらない。きっと、イライラとストレスが原因で、私の血管は血栓だらけに違いない。その血栓はいつか心臓か脳を詰まらせ、死に至らせるのだ。このままでは、息子だけではなく、私まで殺されてしまう！

ああ！

頭をかきむしっていると、インターホンが鳴った。

モニターを見ると、生気のない若い女の顔が映し出されている。

……ああ、ようやく、来たか。

「はい。お待ちしておりました」

紀和は、軽く髪の毛を整えると、玄関へと駆け寄った。そして、ドアを開けると、

「ようこそ、お越しくださいました」

と、アメリカ人が友人にするように、両手を広げた。

20

「なんか、フツーというか、フツー以下だな」

酔いが回ったのか、洋平は、あからさまに小馬鹿にした様子で、同じことを何度も呟いている。その手には、ビンゴのカード。

「金持ちのパーティーというから、もっとすごいのを期待していたんだけど。……一般人のほうがもっと趣向を凝らしているよ。なんていうか、会社の忘年会？　老人ホームの慰労会？　それとも小学校のお楽しみ会？　覚醒剤入りケーキのときはさすがにビビったけどさ、そのあとは、もうなんていうか……ちょっと退屈かも」

洋平がそんな厭味をいうのも、仕方ない。なにしろ、覚醒剤入りケーキのあとは、

皿回しや手品などのシニア定番の隠し芸大会、そして歌声喫茶のような合唱が延々と続き、今、ビンゴカードが配られたところだった。

「でも、なんで、俺だけ?」

洋平は、珠里亜の手にビンゴカードがないのを不思議そうに眺めた。そして、その視線をぐるりと、会場に巡らした。

会場には、Q夫人を除いて、合計三十名の参加者。が、ビンゴカードを配られたのは、十五人。

「あ。もしかして、同伴者にだけ配られたのか?」

そう、当たり。そう言わんばかりに、珠里亜は微笑んだ。

言うまでもなく、このパーティーは同伴者が必須だ。同伴者は配偶者、家族、恋人、同僚、友人……誰でもいい。いずれにしても、自分にとって大切で重要な人物を同伴させるのが決まりとなっている。

「つまり、珠里亜ちゃんがメインで、俺のほうが同伴者ってことか」

洋平が、今更ながらに、当たり前のことを言う。黙っていると、

「ま、そうだよね。どう考えても、誰が見ても、珠里亜ちゃんが〝主〟で、俺のほうが〝従〟だよね。……でも、なんで、同伴者にだけ、カードが配られたんだろう?」

「同伴者だからよ」

珠里亜は、ようやく言葉を発した。

「え？」

「だから――」

『あーあー』

珠里亜の言葉は、マイクの声にかき消された。前方の演壇を見ると、Q夫人がマイクを握りしめ、音量の調整をしている。

『あーあーあーあー』

「聞こえてますよ！」

どこからか声が飛んでくる。見ると、整形外科医のYが、ゲーム機を前にした子供のように頬を紅潮させていた。その隣には、同伴者のアイドル。デビューの頃はあか抜けない田舎娘だったが、今ではすっかり綺麗になっている。Yが手がけたのだろう。でも、洋平同様、その顔は退屈しきっている。不満が今にも爆発しそうだ。

「聞こえてますか？……では、みなさん。これから、お待ちかね、ビンゴゲームをはじめます！　準備はいいですか？」

Q夫人が言うと、一斉に「いえーい！」という声が上がった。声を上げたのは、ビンゴカードを持っていない参加者だけで、ビンゴカードを持っている同伴者は、みな、きょとんとするばかりだった。

　言うまでもなく、洋平もきょとんと、馬鹿面を晒していた。

「な、なに？　このテンション？」

　戸惑う洋平の背中を、珠里亜はそっと撫でながら言った。

「これからが本番よ。お楽しみのゲームがはじまるのよ」

「でも、所詮、ビンゴだろう？　……あ、それとも、とてつもない賞品があるとか？」

「ま、そんなところね。とてつもない……っていうところは合ってる。そんなことより、ほら、はじまるわよ」

　前方では、Q夫人が、いかにも嬉しそうな表情で、小さな箱の中に手を突っ込んでいる。そして紙切れを引き抜くと、声を張り上げた。

「まずは……、三十五！」と、

「あ、三十五、あった！」

　最初に声を上げたのは、大手出版社の女性役員が連れてきた男性だった。どうやら、不倫相手のようだ。

「あたしも、あった！」

　次に声を上げたのは、仮想通貨長者の同伴者の妻。……元カリスマ読モ。

「私も――」

さらに声を上げたのは、神奈乙音。その隣で、荒屋敷がにやにやと笑っている。

そんな荒屋敷と目が合う。珠里亜は小さくウィンクしてみせた。

そんな珠里亜の隣では、

「あ。……俺も、あった」

と、洋平が小さく呟いた。

ちょっと、なに、そのリアクション。あんた、芸人でしょう? これだから、いまだに売れないままなのよ、まったく、この男は。……でも、ま、今はまだそれでいいわよ。これから先は、ちゃんと芸人らしく、いいリアクションしてね。そのために、あなたを同伴者に選んだようなものなんだから。

*

「ようこそ、お越しくださいました」

紀和は、玄関ドアを開けると、アメリカ人が友人にするように、両手を広げた。

「え?」が、その女性は警戒心を露わに、一歩、身を引く。

「やだ、ごめんなさい、いきなり馴れ馴れしくして。私、アメリカの生活が長かったものだから、つい」

「そう。仕事の関係で、二十年ほどね。でも、まあ、ずっと昔のことだけど。息子と一緒に暮らしていたのよ」

「……息子さんが、いらっしゃるんですね」

「うん。でも、亡くなったけど」

「亡くなった――」

「ところで、ここに来ることは、他の人には？」

「もちろん、ご指示通り、言ってません」

「それは、よかった。誰かに言ったら、効果が半減しますからね。半減どころか、効果がゼロになっちゃう場合も」

「はい。だから誰にも言わずに、来ました」

「それは、よかった。……ああ、ごめんなさい、こんな玄関先で。さあさあ、上がって、上がって。狭いところだけど、上がって」

紀和はそう言ったが、それは謙遜でもなんでもなかった。その部屋は、実際に狭かった。三十五平米の１Ｋ。玄関を上がるとすぐにキッチンがあり、そして二歩も歩かないうちに、部屋に続くドアにぶつかる。

ドアを開けると、十畳弱の部屋。小さなテーブルと椅子二脚、そして小さなソファ。

客人は、まだ警戒心をまとったまま、部屋をぐるりと見渡した。

「ほんと、狭いでしょう？」

「いえ。……私の部屋より広いです。私は、ここよりもっと狭い部屋に妹と二人で暮らしています。……わー、眺めが凄く綺麗ですね」

客人は、窓を見つけると、声のトーンを上げた。前の客人もそうだったが、若い女性はどういうわけか高層階からの眺めに興味を持つ。

「高層階の部屋に住むのが、夢なんです、私」なんてことを言い出す。

「夢？　……なら、大丈夫ね」

「え？」

「だって、夢があるなら、まだ生きる希望があるってことでしょう？」

「……もう昔のことです。今は、違います。もう、夢も希望もありません」

そう呻くように言うと、客人は崩れ落ちるようにうずくまった。

「もう、生きていたくない」

「そんなことはない。だって、あなたはわざわざ、ここまで来たんだから。あなた、お住まいは名古屋でしょう？」

問うと、「はい」と女はかすかに頷いた。

「名古屋から、わざわざ東京まで、あなたは来たのよ。なぜだか、分かる?」

客人が、首を横に振る。

「まだ、生きたいっていう欲望がどこかに残っているからよ。時間を作って、安くない交通費を用意して、わざわざこんな遠いところまで来たのよ。本当に生きていたくないと思ったら、そんな面倒なことはしないもの。あなた自身が、よく分かっているんじゃないの? 自分の心の奥底には、まだ諦めきれないことがある。だから生きなきゃ……って。だから、ここに来たのよね? 生きるために」

紀和が言うと、客人はゆっくりと身を起こした。

「まあ、まずは、その椅子にお座りなさいな。今、お茶を淹れるか――」

「悔しいんです! このままでは、たとえ死んだとしても死に切れません! 悔しいんです!」

客人は、椅子に腰を落とすやいなや、いきなり声を上げた。

「何度も死のうと思いました。でも、今死んだら、あいつの思うがままだって。そう思ったら、死ねなくて。だからといって、生きているのもつらい! 私、どうしたら……」

「そうよ、その調子よ。体の中のおりを全部出し切りなさい。あなたの中の怒り、苦しみ、恨み、悲しみを全部吐き出すのよ」

紀和が言うと、客人の目から、防波堤を越えて氾濫する川のように、涙が溢れ出した。

21

「ビンゴ！」

ゲームがはじまって十五分、早速、その声が上がった。

手を挙げているのは、国民的漫画家の同伴者だった。歳の頃三十前後の男だ。さきほど漫画家のことを「先生」と呼んでいたから、アシスタントか、それとも担当編集者か。

男はいそいそと演壇に上ると、Q夫人が差し出した数枚のカードの中から一枚を選ぶ。

「あのカードに、賞品名が書かれているのか？」

洋平が、自分のことのようにわくわくして身を乗り出す。

が、カードを確認する男は、首を傾げた。

「なんて、書かれてます？」

Q夫人が尋ねると、

「トーマス・エジソン」と、男が答えた。

「おおおおお」

会場内にどよめきが起こった。

そのどよめきを合図に、どこからともなく屈強な男たちが数人、わらわらと現れた。まるで、なにかのバラエティ番組の黒子のような、またはギャング映画に出てくる定番の黒服たちのような。いずれにしても、黒ずくめの男たちが現れたと思ったら、あっというまに国民的漫画家の同伴者は袋詰めにされ、拉致されていった。

「……なにごと？」

狐につままれたような洋平の顔。が、その顔も、次の瞬間には暗闇に隠される。

突然、照明が落とされたのだ。

「……なに？　なに？」

迷子になった子供のように頼りない声が、あちこちから聞こえる。その声の主は、洋平同様、同伴者たちだ。

「みなさま、お待たせしました！　ショーのはじまりです！」

そんなアナウンスが聞こえ、そして、暗闇にうっすらと一筋の光が浮かび上がった。

じじじじというかすかな機械音が後方から聞こえてくる。

「プロジェクター？」

洋平の呟きに、当たり……というように、珠里亜は小さく頷いた。

そして、前方に巨大なスクリーンが現れた。……と思ったら、

『ザ・処刑ショー』

というタイトルが映し出された。

「さあ、いよいよ、ショーのはじまりです！

待ってました！　たっぷりと！」

歌舞伎の大向こうのようなかけ声が、あちこちから飛んでくる。

「では。はじめての方もいらっしゃるので、このショーの概要を簡単にご説明させていただきます。このショーは、かつて庶民の娯楽だった〝処刑〟を——」

「処刑が……娯楽？」

洋平がそんなことを呟いた。それに答えるかのように、アナウンスが続く。

「そう。処刑とは、社会秩序を守るための見せしめであった一方、娯楽でもあったのです。かつては、処刑が行われるとなると、庶民は仕事も家事もほっぽりだして、処刑場に集まったものです。処刑は極上のエンターテインメントだったのです。いえ、エンターテインメントの原型そのものです。その代表例が、ローマのコロシア

ムで行われた格闘技や見世物です。あれは、死刑囚の公開処刑にほかなりません。その方法が残酷であればあるほど、大衆は歓喜し、そして熱狂しました。それが今の各種格闘技に発展し、今もなお、観衆を喜ばせています。格闘技だけではありません。スポーツ全般が、公開処刑の発展形といってもいいでしょう。

つまり、他者の苦しみを見て喜ぶという人間の残虐性は、時代を超えて、不滅だということです。残虐性こそ人間の本能であり、人間の神髄なのです。なのに、今は、その残虐性に蓋をし、やれ人権だやれ愛護だやれ人道だと、煩い時代になりました。人類にとっては、これこそ恐怖政治に他なりません。……このままでは、窒息してしまいます！

人間は、残虐性を発散する必要があります。でなければ、残虐性は間違った形で漏れ出してしまうのです。不健全な形で。たとえば、戦争という形で。

……ということで、我々は、健全な肉体と精神を養うために、または平和を維持するために、定期的に、残虐性を発散する時間を設けています。

その一つが、『処刑ショー』です。会員のみなさまの大切な同伴者を差し出してもらい、その方々を、順番に処刑していく、恒例のショーでございます」

「マジか……？」

洋平が声を震わせた。「……でも、これはあくまで、ショ﹅ー﹅だよね？　本当に処刑するわけではないよね？」

　そんな洋平の質問への回答は、すぐに示された。スクリーンに、さきほどのビンゴ男が映されたのだ。男は、全裸で、椅子に縛り付けられている。

「さきほどビンゴを出した方は、今、隣の部屋におります。これは、ライブ映像です。……ちょっと呼びかけてみますね。……もしもし。ご気分はいかがですか？」

　が、男は恐怖からなのか、それとも恥ずかしさからなのか、唇をわなわなと震わせるだけで、なにも答えない。その顔は真っ青で、目は血走っている。一方、その陰茎は信じられないほど大きく、そそり立っている。

「人間は、極限状態に陥ると、性欲がいっそう強くなるといいますが、あなたは今、まさにその状態にあるようですね。でも、あなたはラッキーでした。このショーの中でも一番苦痛のない処刑方法を当てたのですから。見ているほうにとっては、ちょっと残念ではありますが。

　……では、この方をお連れした、漫画家のRさん、今のご気分はいかがですか？」

「……彼には、本当にお世話になったの。彼のおかげで、今の私があるといっていいわ。私が呼び出せば、どんな深夜でも早朝でも駆けつけてくれて、ご家族に不幸があっても、私との食事会を優先してくれました。私が恋に悩んでいると、一晩中、相談にも乗ってくれました。私がスランプに陥ると、あの手この手で、喜ばせてくれました。本当に心優しい人でした。大切な人だった。……ほんと、ごめんね」

国民的漫画家が、涙ながらに、Q夫人が差し出したボタンに指を置く。

「本当に、ごめんね！」

と、次の瞬間、椅子に縛られていた男の体が激しく痙攣し、そしてその数秒後、両の目玉が飛び出した。そして、動きが止まる。

……死んだ？

「いやだ、ボタンを押すのが早いですよ。こちらが合図してから、押してほしかったんですけれど」

「あー、ごめんなさい！　つい、興奮しちゃって！」

「……ということで、最初にご覧いただいたのは、トーマス・エジソンも開発に協力した電気椅子の処刑でした」

＊

「私、私、本当に悔しいんです」

興奮する客人を、麻乃紀和は背中をさすって宥めた。

「そう、その調子ですよ。どんどん吐き出して」

「あいつが、憎い！　私からすべてを奪ったあいつが！」

その慟哭とは裏腹に、客人の悩みは、単純だった。職場の同期に仲間外れにされ、昇進も先を越され、挙句の果てに片思いだった彼もとられた……というものだ。つまり、相手の成功が妬ましくて仕方がないだけなのだが、自分が報われないのは他者のせいで、もっといえば自分は被害者であると強く信じている。

バカな女だ。

こういう身勝手な女の嫉妬ほど、醜いものはない。が、醜ければ醜いほど、強力だ。いいものが作れる。

「……あいつが生きている限り、私は死んだも同然です。……あいつが生きている限り」

そして、この身勝手な憎しみこそが、あれを作る材料としては、もってこいなのだ。

さあ、もっと吐き出しなさい。あなたの醜く汚れた感情を。

……もっと、もっと！

紀和は、女の背中をさすり続けた。

もっと、もっと、もっと！

そして、一通り吐き出させると、紀和は一杯のお茶を用意した。

「さあ。疲れたでしょう。これをお飲みください。気分が、すっきりしますよ」

22

一回目の電気椅子処刑のときはまだ半信半疑の洋平だったが、二回目の絞首刑、三回目の抽腸（ちゅうちょう）刑が終わると、さすがに、目の前に映しだされた光景を信じるしかなくなった。

「マジか、マジか」

洋平が、バカみたいに震えながら呟いている。

だから、言ったでしょう？　ここでは〝罪悪感〟は捨ててねって。

「でも、いくらなんでも、これって、殺人だよな？　逮捕されるよな？」

なに言ってんの。ここには、元警察庁トップもいれば、大物政治家もいれば、法曹界のトップもいる。これら権力者が揃っているのだ、もみ消すだけの話だ。

……いい？　洋平。これが、アッパークラスというものよ。権力者というものよ。ここは、治外法権。なにをやっても、罪に問われることはない。

「マジか、マジか」

洋平は壊れてしまったのか、もはや、それしか言わない。

……まったく、本当に小さな男。

そして、今、スクリーンには、大手出版社の女役員が連れてきた若い男が全裸で、両足を縛られて逆さ吊りにされている姿が映し出されている。

彼が当てたカードは、『ディオクレティアヌス』。ローマ皇帝のディオクレティアヌスが行った残虐な刑を意味する。

つまり、鋸挽き（のこぎりび）きの刑だ。罪人を生きたまま逆さ吊りにし、股から鋸を入れて、体を縦に切断する。時間をかけてゆっくりと鋸を挽くことで、激痛を長引かせる極刑だ。処刑の中でも最も残酷なもののひとつとされる。

「この刑には、少々、時間がかかります。特別なお食事をご用意いたしましたので、ショーをご覧になりながら、お楽しみください」

そんなアナウンスがあり、そして出されたのは、モツ煮だった。

洋平の顔が、歪む。

「もしかして、これ……？」

そう、当たり。先ほど、抽腸刑でえぐり取られた腸だ。……ちなみに、抽腸刑とは、生きたまま腹を裂き、時間をかけゆっくりと腸を引きずり出す刑のことである。主に、オリエント、ヨーロッパ、中国で行われていた刑で、その惨（むご）たらしい処刑方法は、権力者の娯楽として非常に人気があったとされる。特に五代十国時代、後漢の武将・趙思綰は、生きたまま取り出した人間の肝臓を膾にして食したとされている。

たぶん、このモツ煮も、その趙思綰の嗜好に倣ったものだろう。

……が、さすがの珠里亜も、それを口にすることはできなかった。一方、他の参加者は、強張る同伴者を尻目に嬉々としてモツ煮を口に運んでいる。

「お仕事は、順調ですか？　飯干さん」

Ｑ夫人の声が聞こえる。

見ると、ＦＧＨテレビのプロデューサーとモツ煮をつっつきながら談笑している。

「『町田の聖夫婦』のドキュメンタリーは、どんな感じですか？」

「いい感じに仕上がりました。放送されたら大炎上間違いなしです。凄まじいネットリンチが行われることでしょうね。あの夫婦が消えるのも時間の問題です。近い将来、首吊り自殺の姿で発見されるでしょう」

「あなたに頼んで、ほんとうによかった。あの夫婦には、本当に悩まされていたのよ。……好き勝手なことばかりして。何度言っても、言うことを聞かなくて。……ほんと、あの男は。母方の遠い親戚なものだから、ずっと目をつぶってきたけれど。昔、〝モンキャットクラブ〟なんていういかがわしい商売をはじめたときも手伝わされてね、尻拭いまでさせられた。いらぬ殺生をさせられたわ。……ほんと、腹立たしいったら。このまま放っておいたら、またなにをしでかすか。……ずっと悩みの種だったのよ。……あ、碓氷さん。あなたの息子さんはお元気ですか？」

碓氷？　見ると、次にQ夫人が話しかけたのは、次期検事総長だった。……そうか、なるほど、この人、碓氷篤紀の父親か。でも、息子って？　碓氷篤紀は自殺して——。

「おかげさまで息子の風邪はすっかり治り、元気に幼稚園に行っています」

幼稚園？

「でも、上の息子さんは、残念なことをしたわね」

「ああ、篤紀のことですか。あれは、いいんです。元々、相性が悪くて、反抗的な子でしたから。父親を恐喝するような、悪い息子でしたから」

恐喝？

「あの子は、僕が大事に隠し持っていた名簿を見つけてしまいましてね」

「もしかして、〝モンキャットクラブ〟の名簿？　あなたが持っていたの？」

「はい。二〇〇二年のあの事件のときに押収したんですが、さすがに公表できなくて、僕が隠蔽したんです」

「なるほど、そうだったの。それを息子さんが？」

「はい。名簿を週刊誌にリークするなんて言ってきて。あいつは、妙に正義感に溢れたところがあって。僕にいわせれば安い正義感ですよ。本当に、どうしようもない子です。それまでは、たった一人の跡取り息子でしたから、あいつの暴走にも目を瞑ってきたんですが、おかげさまで、僕の若い恋人が息子を産んでくれたものですから——」

「用済みってこと？」

「いや、さすがに、そう簡単には切れませんよ——」

「だから、僕が調教してやったんですよ」そう口を挟んだのは、荒屋敷勉。「碓氷さんに頼まれたら、引き受けないわけにはいかない。なにしろ、碓氷さんには借りがありますから。大学時代、書類送検だけで済ませてくれた。本来なら、殺人でムショに行くところだったのに」

はっはっはっはははははは。

笑い声が合唱する。さすがの珠里亜も、引いた。……まさか、碓氷篤紀を嵌めた黒幕って、父親だったの？　私に嘘のレイプ告発をさせたのも？

「あら、どうしたんです？　顔色がすぐれませんね」Q夫人がそう言いながら近づいて行ったのは、弁護士会のドンと言われる男だった。

「あなた、来年は、都知事選に出馬されるでしょう？　もっとしゃきっとしなくちゃ」

「いや、でも。……麻乃紀和も出馬するって噂じゃないですか。……今、彼女、すごい人気ですからね。勝てる気がしませんよ」

「あら、大丈夫よ。彼女は近いうちに、自ら失脚するから。私がそう仕向けたから、間違いないわ。……私、彼女にはすっかり失望しているの。だって、嘘塗れなのよ。心理カウンセラーなんて言っているけど、ただの自称。資格なんて持ってないし、なにより、アメリカではずっとコールガールをやっていたような人よ。私もすっかり騙されたわ。……そんな人に、東京は任せられない。やはり、あなたのような立派な方じゃないと。だから、自信を持ちなさい。私、応援しているから」

そして、Q夫人が高らかに笑った。

その笑い声を打ち消すかのように、また、番号がコールされた。

そう。ビンゴゲームはまだ続いており、どうやら、同伴者全員十五人がビンゴするまで、続けられるようだ。残り、十一人。

が、逃亡しようという者は誰一人いなかった。逃亡することなどできないと教えられたからである。なにしろ、今、生きながらに体を鋸で切断されている男は、逃亡を試みた結果、あんな目に遭っている。

逃亡しても結局は処刑される。それならば、一縷の望みに懸けようというのが、同伴者の共通の思いだった。

一縷の望み。それは、処刑カードの枚数にあった。しかも、その一名には、十億円という懸賞金つきだ。つまり、一名だけ助かる者がいる。

処刑カードは十四枚。十五分の一の確率。

「言ってみれば、宝くじなんかより、全然、確率いいよな」

壊れきってしまったのか、洋平がそんなことを口走った。

「俺、くじ運はあるほうなんだ。だから、絶対、大丈夫」

とかなんとか言いながら、番号コールがあるたびに洋平は「ひっ」と飛び上がり、ちびらせていた。その股間には、のっぴきならないシミが、じわじわと広がっている。

荒屋敷がいる方向を見ると、その隣の神奈乙音もまた、洋平と同じような青い顔で、ビンゴカードを握りしめている。

ふふふふふふ。

どう？　清純派女優さん。これが、現実なのよ。あなたは、荒屋敷に遊ばれただけなのよ。あんた程度の女が、アッパークラスに足を踏み入れようっていうこと自体、身の程知らずってもんなのよ。

このままヌード要員の女優になっていれば、こんなことにはならなかったのにね。下手に欲を出すからよ。清純派女優になっただけでも、分不相応なのに。それ以上を目指すからいけないのよ。自業自得よ！

いい？　あなたにはシンデレラなんて似合わない。……そもそも、シンデレラなんていないのよ。

いたとしても、私がぶっ潰すわ！

だって、私、シンデレラ、大嫌いだもの。あんな他力本願女、死ねばいいんだわ。自分では一切手を汚さず、自分の頭では一切考えず、誰かが助けてくれることを待っているだけの、怠け女。

いい？　昔ならいざ知らず、今の時代は、怠けていたら、なにも手に入らないのよ？

私がいったい、どれだけ手を汚してきたか。どれだけ悪徳に身を染めてきたか。

だって、そうでもしなければ、私は一生、底辺でのたうちまわっているだけだもの。

私は、この頭を使って、この手を汚して、今の地位を勝ち取ってきたのよ！　これからだって、そうするわ！

神奈乙音、あなたがどうして今ここにいるのか、教えてあげましょうか？

荒屋敷と私は、大学時代からの腐れ縁。そんな彼と、あるとき、ちょっとしたゲームをしたのよ。

Q氏のパーティーに連れていく同伴者を誰にするかというゲーム。

荒屋敷は言った。「相手は、ダーツで決めよう」

「うん、いいよ」私は、承諾した。だって、ゲームに躊躇は禁物だ。

「よし、いい子だ」

荒屋敷はそこらにあった雑誌や新聞やチラシを適当に壁に貼って、ダーツボードに見立てた。

「珠里亜、まずは君からだ」

そして、目隠しして、ダートを放つ。……結果、私が放ったダートは、売れない芸人の松野洋平の顔に刺さった。いったいどこにあったのか、それはアダルトビデオのチラシだった。

「なにか、不服そうだね」

「だって、全然、好みじゃない」

「でも、この男と結婚したら、話題になるよ？　君の株も上がる。コンテンツ的には、最高の流れだよ」

「結婚？」

「そうだよ。Q氏のパーティーに行くからには、同伴者は身内か大切な人に限る。でないと、面白くないからね。大切な人が処刑される……という点が、あのショーの醍醐味なんだから」

「でも」

「適当な同伴者を連れて行ったら、Q氏の逆鱗に触れるよ？ 大変なことになるよ？」

「でも」

「……よし、分かった。賞金を上げよう」

「賞金？」

「君が、この男と結婚したら、五十億円、やるよ。そして、青山のマンションも、やる」

「ほんと？」

「その代わりに、結婚したら、もう僕とは遊べないけれど。……別れることになるけど……それでもいい？」

もちろん。お金とマンションを貰えれば、もう荒屋敷なんか用済みだ。……そんな本音はおくびにも出さず、「……うん、我慢する」とかなんとか言いながら、私は頷いた。

「よし、いい子だ。結婚したら、いい奥さんになるんだよ」

まさか。籍だけ入れて、男なんて追い出すに決まっているでしょう。

「そんなことより、荒屋敷さんの同伴者を早く決めましょうよ」

「そうだな」

そして、荒屋敷が放ったダートは、神奈乙音のグラビアに刺さった。しかも、お股にね！

興奮したわ。

清純派女優が、どんな風に処刑されるか。考えただけで、ぞくぞくしたわ！

ついでに、もうひとつ、教えてあげるわ。

なんで、こんな馬鹿馬鹿しいショーをするのか。

富裕層のクレイジーな娯楽？

まあ、もちろん、その側面もあるけれど。でも、本当の目的は他にある。

それは、〝生け贄〟よ。

中国に伝わる〝蠱毒(こどく)〟っていう呪術を聞いたことがあるかしら。動物や虫を残酷な方法で殺し、その怨念を集めて呪いに使用するの。日本では、犬神が有名ね。それを、人間で応用したのが、今回の「処刑ショー」よ。より残酷な方法で殺害して、生け贄たちの恐怖と怨念を集めて、それを呪術に使うの。

え？　そんな非科学的で馬鹿馬鹿しい話があるかって？

本当よね。でも、富裕層ほど、そういう変な迷信を信じるものなのよ。オカルトちっくなものに依存するものなのよ。荒屋敷の手首に巻きついているあの数珠も、〝蠱毒〟の一種なんだから。荒屋敷は、今の成功は蠱毒のおかげだって、本気で信じている。……滑稽でしょう？

いずれにしても。

神奈乙音。あなたもじき、生け贄になるのよ。

え？　一人だけは生き残るって？

そんなの、嘘に決まっているじゃない。一縷の望みを持たせて、結局は絶望のどん底に突き落とす。そうすることで、より、恐怖と怨念は高まり、強力な〝蠱毒〟を作ることができるってわけ。

ふふふふふふふ。

本当、馬鹿馬鹿しい話よね。

＊

「気分は、どう？」

紀和が声をかけると、客人は、腫れぼったい瞼をゆっくりと開いた。

客人は、自分が置かれた状況を呑み込めないでいた。

惚けた表情で、瞬きを繰り返す客人に、紀和はいつもの調子で説明をはじめた。

「先程、飲んでいただいたお茶に、眠り薬と痺れ薬を入れておきました。あなた、効きが早くて、飲んだらすぐに深い眠りに入って行ったわ。今も、少し、体が痺れていませんか?」

「……はい。……体が動きません」

「そうですか。でも、すぐに薬は切れますので、ご安心ください」

「……はあ。でも、なんだか、……首の後ろに、ちょっと、違和感があるんですが」

「薬が切れてきている証拠です。あと数分もすれば、完全に切れますよ」

「……あの、すみません。なんだか暗くてよく分からないんですが、……私、今、どんな状態なんでしょうか?」

「あなたは、今、簀巻き状態です。ラップで、ぐるぐる巻きにされています」

「……は?」

「そして、頭だけを出して、洗濯機の中に入っています」

「……は? ……言っている意味が、よく分からないんですが。……っていうか、首が痛くて仕方ないんですが」

「どうやら、薬が切れかかっているようですね」

「……え？　あ。……痛い。……痛い！」

「あまり、動かないほうがいいですよ」

「私、いったい、……どういう状態なんですか？　……めちゃ痛いんですけど！」

「犬神ってご存じ？」

「……痛い、……痛い！」

「犬を頭だけ出して生き埋めにし、その前に食べ物を置いておくんです。食べ物を目の前に、飢えで悶え苦しむ犬。苦しんで、苦しんで、苦しんで。食べ物に対する執着が頂点に達して餓死するそのとき、首を刎ねるんです」

「……ひっひっひっ」

「その首を『犬神』として祀るんです。すると、犬神は、憎い相手を呪い殺してくれるんです」

「……ひぃひぃひぃひぃ……痛い！」

「薬が、完全に切れてきたようですね。痛いですか？」

「ひぃひぃひぃひぃ……！」

「痛いですよね。だって、今、私はあなたの首に鋸を入れて、ゆっくりと挽いているところなんですから。もうそろそろ骨に届くところです」

「ひぃぃぃぃぃぃひぃぃぃぃ」

「痛いですよね。ごめんなさいね。でも、仕方ないんです。私には、あなたの首が必要なんです。……犬神が必要なんです」

「……ひぃっひぃっひぃっ……！」

「なんで、犬神を作るのに、人間の首を斬るのかですって？　だって、ほら。今は動物愛護団体が煩いから。先生が。犬を手に入れるのも大変なんですよ。だったら、人間で代用してもいいって、先生が。だって、人間だったら、あなたのように、ほいほい自らやってくる馬鹿も多いだろうからって」

「……ひぃっ……ひぃっ」

「ほんと、馬鹿よね。なんで、こんなに簡単に引っかかるのかしら？　ネットでちょっと優しい言葉をかけて慰めただけで、よく知りもしない人の家に来るなんて。……馬鹿なんですか？　あなたで八人目ですよ。たった二週間で八人も引っかかるなんてね……未成年ならまだしも、いい大人が。……ほんと、どうかしてる」

「……ひぃ……ひぃ」

「ダメですよ、もう少し、頑張って。でなきゃ、あなたも骨折り損になってしまうわ」

「……ひぃ……ひぃ……」

「先生がおっしゃったの。首を切断し終えるその瞬間まで、その人が生きていることが重要なんだって。でなければ、犬神にはならないんだって。今までの七人は、骨に届く前に死んでしまったわ。……ほんと、骨折り損。だから、今度こそ、今度こそ、頑張ってちょうだいね。……あなたならできると思うの。だってあなた、生命力がありそうだもの。だから頑張って、もう少しだから、もう少しだからね！」

23

葉山、Q氏別荘。

いよいよ、処刑カードは残り一枚となった。

つまり、十三人が、処刑されたということだ。

ゲームがはじまって、二十時間が過ぎた。が、参加者はみな活力に溢れ、むしろハイテンションだ。

たった二人を除いては。

残されたのは、洋平と、そして神奈乙音。

洋平は、先程から、へらへらと笑いが止まらない。

「さて、皆様。いよいよ、最後のコールとなります。次にビンゴをあてたほうが、処刑カードをゲットする権利を得ます」

権利って。……なんだか、今更だけど、可笑しい。会場からも、どっと笑いが起きた。

洋平も、腹を抱えて笑っている。

人間、極限状態に立たされると、笑ってしまうものなのかもしれない。

一方、神奈乙音。すっかり血の気が引き、まるで亡霊のように立ち竦んでいる。

ご愁傷様。まあ、これもあなたの運命。

受け入れなさい。

「では、最後の番号は……」

＊

「完成だ」

紀和は、ようやく仕事を成し遂げた。

「ああ、やっと犬神を作り上げたんだわ、私！」

そして、それを今、桐の箱に収めたところだ。

「さあ。犬神よ。怨念をたっぷりと吸い込んだ犬神よ。……飛んでいけ！　あの女のもとに飛んでいけ！　月村珠里亜のもとに、飛んでいけ！」

＊

「では、最後の番号は……八番！」

「八番……」

洋平と神奈乙音が、同時に呟いた。

まさかの、二人同時ビンゴ？

ウケる！

と、思った瞬間だった。

参加者の視線が、一斉に珠里亜のほうに向けられた。

「え？」

なに？　なに？　なにを見ているの？

その視線を追うと、……それは自分が着ているポロシャツだった。Q夫人からいただいた、特注のポロシャツ。

「うそ」

ポロシャツの胸元に……「八」という数字が刺繍されている。

「いやだ、これは、違いますよぉ」

言ってはみたが、遅かった。

見ると、例の黒ずくめの男たちが、すぐそこまで来ている。抗ってみたが、無駄だった。

「まあ、なんていうことかしら。珠里亜ちゃんが、処刑の権利を獲得しちゃうなんて。……最後の処刑カードを当てちゃうなんて。……最後のカードは、これよ。『アン・ブーリン』よ」

アン・ブーリン。イングランドの国王ヘンリー八世の妻であり、エリザベス一世の母でありながら、姦通の濡れ衣を着せられて、ロンドン塔で斬首刑に処せられた王妃。

「マジか。珠里亜ちゃん、首を刎ねられるのか？」

洋平の声がする。それは、どこか嬉しそうだ。

ちょっ、ちょっと待って。

なんで、私が処刑されるの？　処刑の対象者は同伴者でしょう？　洋平のほうでしょう？

なんで⁉

なんで、私なの？　うそでしょう？　やめて、まじ、やめて！　助けて、助けて！　なんでもするから、なんでもするから！　私、なんでもするから！　やめて、

やめて、やめて……！

言葉にしようにも、恐怖で言葉が出ない。

そうこうしているうちにも、屈強な男たちによって、珠里亜は隣の部屋に連れて行かれた。

むせかえるような血の臭い。

そして、部屋の隅には、切れ味の悪そうな斧。

最後の抵抗を試みていると、突然、目の前が暗転した。頭巾のようなものを被せられたようだった。

そして、男たちの手で体をうつ伏せに押さえつけられ、台のようなものが首に当てられた。

これが、断頭台というやつ？

そんなことを思った瞬間だった。

首の後ろに、ひんやりと冷たいものが触れた。

そして、珠里亜の意識も暗転した。

どこかで、声がする。

いったい、誰の声？

が、体はまったく動かない。魂だけが抜け、浮遊している感じだ。

「ああ。これは、脳梗塞だね」

その声は、……整形外科医のY。

「たぶん、本当に首を切断されると思ったんだろう。その極度の恐怖心とストレスで一度に大量の血栓ができ、それが詰まってしまったんだろうな」

「いやだ、珠里亜ちゃんたら。おばかさんね。まさか、この処刑ショーを、本物だと思ったのかしら」

この声は、Q夫人。

「ただのショーなのにな……」

その声は、最初に電気椅子で処刑された男？

「ほんと、ただのショーなのに」

Q夫人が、しみじみと言った。

「ちょっと、ドッキリがすぎたかしらね」

……ドッキリ？

うそ。これって、ドッキリだったの？　Q夫人、これってドッキリだったんですか？

が、Q夫人……加瀬淑子は答えない。

その代わり、

「珠里亜ちゃん、ごめんね。俺、やっぱり、君との結婚は無理。偽装だったとしても。荒屋敷さんの頼みだとしても、無理。君みたいな女、俺の好みじゃない。俺は、やっぱり、神奈乙音のような子がいい」

と、耳元で囁いたその声は、……洋平だった。

よーちゃん、あなた、荒屋敷さんと知り合いだったの？

「荒屋敷さんとは、ずっと昔から知り合いだよ。荒屋敷さんが、エロ動画を配信していた頃からね」

じゃ、騙されていたのは、私のほう？

「そう、騙されていたのは、君のほう。君は、荒屋敷さんに棄てられたんだよ。俺と結婚させてね」

なんで、わざわざそんなことを？

「ほんと、なんでわざわざこんな回りくどいことをするんだろうね？　荒屋敷流の演出かな？　処刑ショーを盛り上げるための。そして生け贄の絶望を最大限に引き出すための」

生け贄？

「そう、君は〝生け贄〟なんだそうだ。ほんと、残酷な話だよね。金持ちの考えることはよく分からない」

私が、生け贄……？

「珠里亜ちゃん、苦しそうだね。なんか、凄い顔をしている。楽にしてあげるよ」

そして、口に、なにかを突っ込まれた。

……なに？　これは、何？

その回答を得る前に、珠里亜の意識は今度こそ、暗転した。

＊

麻乃紀和は、晴れ晴れとした気分だった。

だって、あの月村珠里亜が、パーティー中に脳梗塞で倒れ、病院に運ばれたというニュースが入ってきたからだ。しかも、大量の覚醒剤が検出され、それが脳梗塞の原因だと。

一命は取り留めたが、後遺症はひどく、脳の機能もほとんど壊れてしまったらしい。一生、寝たきりだということだ。

仮に奇跡的に脳の機能を取り戻したとしても、刑務所行きだ。なにしろ、月村珠里亜は、覚醒剤を摂取しただけではなく、末端価格五千万円分の覚醒剤を所持していたという。

ふふふふ。自業自得ね。

でも、一度ぐらい、お見舞いに行ってやろうかしら。

なにしろ、私の肩書きは、心理カウンセラー。アメリカ仕込みだ。悩める患者を助けるのが、務めであり、使命だ。

もっとも、その肩書きを悪用して、八人の命を奪ってしまったが。

でも、後悔はしていない。

だって……。

私の名前は、ジュリエット。

もちろん、渾名（あだな）です。

そんな声が聞こえてきて、テレビに視点を定める。それは、この秋からはじまったドラマだった。

主演は、神奈乙音。

どうやら、清純派の殻を破り、悪女に挑戦するらしい。

バカにしていたが、これが結構サマになっている。……すっかりファンになってしまった。そういえば、息子も大ファンだった。

紀和は、リモコンを握ると、テレビのボリュームを上げた。

……え？　どこかのナツメロみたいですって？

ああ、ありましたね。そんな歌が。

でも、違います。あれは、「カルメン」ですよ。

私の場合は、「ジュリエット」。

え？　ロミオとジュリエットの「ジュリエット」かって？

ふふふふ。

それも、違います。

あのジュリエットは、世間知らずのただの愚か者。……バカ女です。私、バカな女って、ほんと、苦手。唾を吐きかけたくなるの。

でも、私の渾名の由来のジュリエットは違います。私のジュリエットは……。

まあ、それについては、のちのち、ゆっくりと。

そんなことより、今日は、私の身に起きたある事件について、お知りになりたいんですよね？

いいですよ。お話ししましょう。
あの事件のことを。

六章

24

……SNSで自殺願望のある若い女性を募り、相談に乗ってやるといって、四谷のマンションに誘い出し、そして、殺しました。

そう、私は、八人の若い女たちを殺害し、そして、それを解体したのです。

動機ですか？

動機は、復讐です。

私の可愛い息子を死に追いやった女を、呪い殺すためです。

聞いたのです。若い女の頭で〝蠱毒〟を作るといいと。

〝蠱毒〟とは、中国の古い呪術です。憎い相手を間違いなく呪い殺すことができる、最強の呪術です。

実際、あの女は、今も意識不明。……死よりも残酷な状態にあります。

ザマアミロです。

だから、私は、まったく後悔していません。これで死刑になったとしても、私はまったく後悔していません……。

むしろ、本望です。

＊

「蠱毒？」

富岡比呂美は、食事もそっちのけでタブレットにかじりついた。

ディスプレイには、麻乃紀和の『獄中手記』というタイトルのブログが表示されている。〝獄中〟といっても、厳密には〝拘置所〟だが。そう、今、麻乃紀和は東京拘置所にいる。そして、弁護士を介して、このブログを立ち上げている。

それにしてもだ。こんなものを公開したところで、裁判に有利になるとは思えない。むしろ、不利になるだけだろう。

「そうでもないんじゃないですか」

そう口を挟んだのは、西木健一だった。元部下だ。

「きっと、心神喪失を演出するつもりなんですよ。で、無罪を勝ち取ろうとしている」

「まさか。八人も殺害しているのに？　無罪になんかなるわけない」

「いずれにしても、麻乃紀和はもともと精神的におかしかったんでしょうね。……だから、あんな事件を――」

「でも――」比呂美は、腕を組んだ。「ブログにある〝息子〟っていうのが、気になる。そして、〝あの女〟というのも」

そんな比呂美の疑問に、早速回答が与えられた。

ブログが更新されたのだ。


……自殺した検察官、碓氷篤紀は、私の息子です。私が大学生の頃にあの子の父親と出会い、そして不倫の末、あの子を産みました。息子は父親に引き取られて、碓氷家の長男として育てられましたが、間違いなく、私がお腹（なか）を痛めて産んだ子です。

私は、遠くから、あの子を見守ってきました。自慢の息子でした。私は、あの子の成長を心の支えに、生きてきたのです。

ところが、あの子は自殺しました。〝あの女〟にレイプ加害者という屈辱的なレッテルを貼られ、それを苦にして自殺してしまったのです。

許せませんでした。あの女だけは許せないと思った。……月村珠里亜だけは。

「え？　月村珠里亜って、あのブロガーの？」

比呂美は、腰を浮かせた。

……そういえば、あのブロガー、前に電撃告発したことがあったっけ。自分はレイプ被害者だと。検察官におもちゃにされたと。その告発は大炎上し、加害者とされる男の顔写真まで晒されたはずだ。

「……それが、碓氷篤紀ですよ」西木健一が、物知り顔で言った。「月村珠里亜が、碓氷篤紀を自殺に追いやったようなものです」

で、それを根に持って、実母の麻乃紀和が月村珠里亜を呪い殺そうとした？

でも、それって、逆恨みじゃ？

それとも、麻乃紀和が言う通り、本当に悪いのは、月村珠里亜？

確かに、月村珠里亜は、一癖も二癖もある女で、ブログをわざわざ炎上させて、アクセス数を稼いでいたところはあった。だから、もしかしたら、レイプされた……ということ自体が、虚偽だった可能性もある。

だとしたら、被害者は碓氷篤紀のほうなのかもしれない。

いずれにしても、その月村珠里亜は、今は病院のベッドの中だ。噂によると植物状態だとか。このまま意識は戻らないともいわれている。

「麻乃紀和の呪いが効いたのかもしれないね……」比呂美が独りごちると、

「呪いなんて、ないですよ」と、西木健一が、比呂美の肩をぽーんと軽く叩いた。「呪いなんて、あるわけないですよ」

むかつく。比呂美は西木健一をきっと睨むと、

「〝呪い〟を馬鹿にしちゃいけない。呪いって、結局は、心理的な作用なんだから」

「心理的な作用？」

「そう。呪いをかけている……ということを、憎い相手に伝えることが大切なの。そうすることで、相手は精神的混乱に陥る。そして、ちょっとしたことでもすべて呪いのせいにして、自ら強迫観念に縛られるのよ。挙句、自爆する。それが、呪いの正体」

「なるほど」

「麻乃紀和は、心理カウンセラー。そういう手法なら、お手の物よ。……なにも蠱毒なんて作らなくても、その言葉だけで呪いをかけることができるはず」

「確かに」

「なのに、麻乃紀和自身が、呪いにかけられてしまったのよ」

「誰によって？」

「それを調べるのが、私たちの仕事じゃない。さあ、行くわよ」と、比呂美が立とうとすると、

「っていうか」

と、西木健一が制した。

「なんで、富岡さん、うちの局の社員食堂にいるんですか。富岡さん、子会社に移った身じゃないですか」

ここは、FGHテレビの社員食堂。比呂美はバツが悪そうに、再び体を椅子に戻した。

「うーん、ちょっとね。総務部に出し忘れた書類があってさ」

「飯干さんと同じようなことを言うんですね」

「え？　飯干さんも、ここに？」

「ええ、しょっちゅう。というか、毎日。……みんな、未練たらたらなんですよ。いい加減諦めて、自分の会社の仕事に精を出してくださいよ」

「そういうあんたは、どうなの。聞いた話だと、あんたも子会社に出向になったって」

「僕の場合は、局に籍を置いたままの出向ですから。富岡さんや飯干さんとはまったく訳が違います」

「同じよ。あんただって、よく知っているでしょう。一度出向させられたら、二度と戻れないことは。……で、あんたはいったい、なにをやらかしたの？」

「…………」

「どうせ、仕事をさぼって、トイレの中でエロ動画でも見てたんでしょう」

比呂美が当てずっぽうに言うと、西木健一の体がびくっと分かりやすく反応した。

「誰が言ったんですか⁉」

「え？　図星？」

西木健一の顔が、真っ赤に染まる。それを誤魔化そうというのか、ペットボトルの水をがぶ飲みすると、

「……僕は、戻りますよ、ここに。この局の正社員に」

と、いつになく真剣な表情で言った。

「どうやって？」

「とんでもないスクープをものにして、この局の報道に戻ります」

「まあ、目標があるのはいいことよ」

「そういう富岡さんはどうなんですか？　戻りたくないんですか？」

「え？　私？」

正直言えば、今の職場も悪くない。なにしろ、定時で帰れる。カレンダー通りに

も休める。おかげで、娘と一緒にいる時間も増えた。……が、その一方で、物足りなさも感じていた。ストレスと過労で、血尿が出ていた頃が懐かしくて仕方ないのだ。それで、こっそりとではあるが、自分なりに復活のチャンスをうかがっていた。

「いずれにしても、とっておきのものがなければ、復活はできません」西木健一が、語気を強めた。

「とっておきのものね……」

「そういえば、『町田の聖夫婦』。夫婦ともども、自殺したらしいですよ。いわゆる、無理心中」

「え？　そうなの？」

「昨日のことなんで、まだニュースにはなってないみたいですが。さっき、飯干さんが教えてくれました。なんと、第一発見者は飯干さんみたいなんです」

「飯干さんが？」

「で、改めて『町田の聖夫婦』についてドキュメンタリーを撮るんだって、息巻いてました」

「『町田の聖夫婦』といえば。……結局、〝オザワ〟の正体って、なんだったんだろう？」比呂美は、ふと、白いワンピースの女のことを思い出した。

「ああ、尾沢澄美子ですね。彼女も、死にましたよ。町田の聖夫婦ともども」

「だから、無理心中ですよ。なんでも、夫婦と尾沢澄美子は三角関係で、ずっともめていたらしいです」

「三角関係？」

「尾沢澄美子があの夫婦の里子だった頃から、夫のほうとできていたみたいです。で、ずるずると……」

「で、無理心中？」

「そうです。三人で覚醒剤を大量に摂取したみたいですよ」

「でも、無理心中というからには、誰かが意図的に他の二人を殺害したってことよね。誰が？」

「さあ。僕には分かりません。いずれにしても、みんな死んじゃったんです。なんか、グリム童話の不条理小話のようですけど。……さてと、僕、もう行かなくちゃ」

そう言い残すと、西木健一は席を離れた。

そして、比呂美だけが残された。

終章

「静子、聞いている？ 澄美子ちゃん、死んじゃったって」

母親が、静子の手をいつものようにぎゅっと握った。

静子なんて、呼ばないで。私は、珠里亜。月村珠里亜よ。

そう言ってはみたが、もちろん、それは母親には伝わらない。

月村珠里亜こと静子は、今、ベッドの中だ。体を動かすことも、言葉を発することもできない。

が、月村珠里亜の意識は、はっきりしていた。

「尾沢澄美子ちゃんが死んじゃったって。里親と無理心中だって」

母親が、どこか嬉しそうに呟く。

「あの子は、昔から性悪だったものね。静子を悪い道に誘って、そして苦しめた。……ようやくバチがあたったんだね」

ママ、あなたって、本当に単純。

私をモンキャットクラブに誘ったのは、澄美子ちゃんじゃない。

私を誘ったのは――

「あ、誰か来たわ。……あら、あなたは――」

母親の声が、よそ行きになった。

「絵美子ちゃん！　尾沢絵美子ちゃん！」

絵美子ちゃん？　……神奈乙音？

「ね、静子、聞いている？　小学生の頃、クラスメイトだった絵美子ちゃん。……お見舞いに来てくれたわ」

母親が、静子の頭をぽんぽんと叩く。

だから、子供扱いはやめて！

……っていうか、なんで絵美子ちゃんが？　なんで、神奈乙音が？

静子は、体中が凍りつく思いだった。体が自由になるなら、今すぐ、ここから逃げ出したいぐらいだった。

「本当に、久しぶりね、絵美子ちゃん。ご活躍で」母親が、相変わらずよそ行きの甲高い声で言った。

「いいえ、まだまだ、駆け出しです」神奈乙音が、戸惑うように言う。……鈴のように綺麗な声。……でも、それに騙されちゃいけない。

なのに母親は、突然やってきた大スターに、興奮しっぱなしだ。

「なにを言っているの！　今や、飛ぶ鳥を落とす勢いじゃない。ドラマの主役も張っちゃって。私、あのドラマ、毎回見ているのよ。再放送まで見ているんだから」

「ありがとうございます」

「……でも、お姉さんが……澄美子ちゃんがあんなことに。なんて言ったらいいか……」

「姉のことは、もういいんです」

「あなたは、昔から、お姉さんには泣かされっぱなしだったものね。……うちの娘も、あなたのお姉さんにはひどい目にあわされた」

ママ、あなたって、つくづく、単純。

静子は、言葉にならない言葉を、次々と喉の奥にためていった。

――私をモンキャットに誘ったのは、澄美子ちゃんじゃない。

私を誘ったのは……。

絵美子ちゃんよ！

そう、今、ママの前で、しおらしく笑っている、その女よ！

澄美子ちゃんは、むしろ絵美子ちゃんを止めようとしていた。

澄美子ちゃんは、一見、派手な顔をしていたから、誤解されることも多かったけれど、あの子は真面目で、正義感に溢れた子よ。鬱陶しいほどにね！　いっつも聖書を持って、同級生に説教をするような、そんな面倒臭い子だったのよ！　だから、学校でも浮いていた。

一方、絵美子ちゃんは天使のように優しい顔立ちをして、いつも控えめで、楚々としていた。だから、大人もころっと騙された。

でも、その中身は、悪魔。

自分の罪をすべて澄美子ちゃんにかぶせて、のうのうと生きてきたのよ。

そうでしょう？　絵美子ちゃん。

「……そんなことより、静子ちゃんの具合はどうなんですか？　もっと早く、お見舞いに来たかったのですが――」

「ううん、いいのよ。どうせ、静子はなにも分からないんだもの」母親が、静子の頭をまたぽんぽんと叩く。

「……なにも、分からないんですか？」

「そうなの。ずっと、意識がなくて。植物状態。……もう、私、疲れてしまって。……これから先、どうなるんだろうって。入院代だってバカにならないんですよ。……いっそのこと。……ああ、今、なにか飲み物を買ってきますね。……お茶でいいかしら？」

そして、母親がパタパタと靴を鳴らして、出て行く。

「……静子ちゃん。あんた、本当に意識がないの？」

二人きりになると、神奈乙音……絵美子は静子の耳元で、囁くように言った。

「それとも、意識がないふりをしているの？」

………。

「まあ、どちらでもいいわ。……ね、静子ちゃん。あなた、ある人に頼まれて、碓氷篤紀を陥れる嘘の告発をしたでしょう？」

その通りだ。……大物フィクサーに。Q氏に。あの人に取り入ることができれば、私は安泰だから。

「そのQ氏に依頼したのは、私なのよ」

………！

「だって、碓氷篤紀のやつ、私を脅してきたのよ。あいつ、父親の書斎から、あの名簿を見つけ出して。そして、私に近づいてきた。私がしていることをバラすって。バラされたくなければ、結婚してくれって。ずっとファンだったんだ……って。

……ウザい男でしょう？　だから、私がQ氏に頼んだの」

なぜ？　あんな凄いフィクサーが、あなた程度の女優の依頼に応えるの？

「あの人だけじゃないわ。私の協力者は、いたるところにいるのよ。政治家、億万長者、大企業の社長、大物プロデューサー、プロ野球のレジェンド、警察、司法、……いたるところにね。一番の協力者は、Q氏の内縁の妻のQ夫人。そう、加瀬淑子よ。元銀座のママで、占い師で、聖オット学園の理事長で、そして八真教の影の教祖。……みな、変態なの。私に弱みを握られている。だから、私の依頼は拒めないの。拒んだら、モザイクを外すだけ」

…………?

「小学生の頃から、私、いろんな大人の弱みを握ってきたのよ」

……やっぱり、モンキャットを運営していたのは、あなた？

「だって、そうしないと、私たちみたいな子供は、みじめな人生を送るだけでしょう？　里親に虐げられて、いじめられて。社会に出ても、ろくな職業にはつけない。社会の捨て駒になるだけよ」

…………。

「だから、私、決心したのよ。きっかけは、里親の男に犯されたとき。私は小学四年生だった。……あの男、〝聖人〟なんて言われているけど、とんだ変態野郎よ。そんな変態に負けてたまるかと思った。逆手にとって、こっちが変態を操ってやるって。だから、その里親に体を許し続けた。動画を隠し撮りしてね。その動画をネタにして、その男を私の最初の〝協力者〟にしてやったの。その男に、〝モンキャット〟を立ち上げさせた。田所恒夫という男も巻き込んでね。田所もとんだ変態。ウィークリーマンションの管理人という立場を利用して、客のプライベートを盗撮しまくっているような男だった。でも、なかなか使えたわ。いい仕事をしてくれた。……そして、澄美子にも協力させた。澄美子のやつ、田所を兄のように慕っていてね。……田所をダシに使えば、あの子はなんでも言うことをきいた。キャストとして、SMプレイも見事にこなした。気がつけば、ナンバーワン。ほんと、バカな子。綺麗事を言う割には、男には弱いんだから」

……確かに、澄美子ちゃんにはそういうところがあった。その一途さが、仇になることが。

「なのに、澄美子ったら、裏切った。……静子ちゃん、あなたが六本木のマンションから助け出されたのは、澄美子のおかげよ。……覚えているでしょう？　あの部屋で監禁プレイをしていたとき。そう。客のリクエストに応えて、あなたたち六人が監禁されたふりをして。そして私と澄美子が色々と準備をしていたとき。……でも、その客はなかなかやってこなくて、見張り役の田所はいらついていた。で、お酒が進んで。同時にドラッグもやったもんだから、バッドトリップ。いつのまにか素っ裸になって、挙句、監禁プレイの小道具だったヘッドフォンをつけて変な踊りまではじめて。そして、ガムテープで自らがんじがらめにした。そんな田所を見て幻滅してしまった澄美子が、彼を窓から突き落としてしまったの。あの子の悪い癖。

頭に血が上ると、信じられないことをやらかす。
とんでもないことになると思った。だから、私が自殺に見えるように偽装した。
あなたたちは、監禁プレイ中で目隠しされていたから、知らないでしょうけど。そ
れが、あの事件の真相よ。馬鹿馬鹿しい話でしょう？　まるでコントみたいな話で
しょう？　でも、事件の真相ってそんなものなのよ。
……でも、あのときは、ちょっと失敗しちゃった。とっさに窓を閉めちゃったの
よね、そのせいで、他殺説なんていうのも浮上して。
まあ、結果的には、田所が黒幕だってことで幕引きできたから、私は助かったけ
れど」
…………！
「つまり、澄美子は、小学生にして殺人者になってしまったのよ。……そうよ、あ
の子こそが、殺人者なのよ！」
……もしかして、澄美子ちゃん――
「そう。澄美子は、その罪の重さに耐えられず、生ける屍となった。なにをされて
も、なにを言われても、素直に従った。集団でレイプをされても、それを受け入れ
た」
……集団レイプ？

「神奈乙音のレイプ動画。あれは、私じゃない。あれは、澄美子よ。私の代わりに、男たちにレイプさせた」

……実の姉を、レイプさせた？

「勘違いしないで。澄美子は、犯されることで喜びを感じていたのよ。虐待されることで、自分の罪が浄化されると思っていたんでしょうね。まさに、ジュスティーヌ。……ほんと、哀れな子」

…………。

「あれだけじゃない。もっともっと、レイプ動画はあるわ。澄美子を餌に、脅迫したい男たちに出演してもらったの。碓氷篤紀もその一人ってわけ。そして、演出とカメラマンは荒屋敷勉。あいつは、昔から、私の忠実なシモベなの。私の言うことならなんでもきくの」

……絵美子ちゃん、あなた、正気なの？

「静子ちゃん、私のこと、イカれた女だと思っているんでしょうね。でも、あなたこそ、相当、イカれてる。違う？

……一方、私は、いつでも正気。おかしいのは世の中のほうよ。変態を野放しにしている、世の中のほう」

…………。

「今日は、静子ちゃんにさ、よ、う、な、ら、を言いに来たのよ」

……………?

「さあ。これを飲んで」

……なに? 今、私の口に入れたのは、なに?

「楽に死ねる薬よ」

……そんなことをしたら、あなたが真っ先に疑われるわよ?

「大丈夫。あなたのお母さんは、すっかり疲れ切っているのよ、あなたの看病で。あなたが死ぬのを待っている。だから、あなたがここで死んでも、解剖なんて依頼しない。死亡診断書には〝心不全〟って書かれて、それでおしまいよ」

……なんで? なんでそんなことを?

「念のためよ。あなたの意識が戻って、いろいろとブログに書かれたら、面倒だもの」

追章

「神奈乙音が、逮捕された？」

富岡比呂美は、今朝から何度も口にしているその言葉を、今一度、呟いた。

ＦＧＨテレビ、社員食堂。比呂美は、食事もそっちのけで、スマートフォンにかじりついている。

「月村珠里亜を殺害した疑いで逮捕、らしいですね」

そう言いながら、ポンと肩を叩いたのは、飯干道也だった。

「飯干さん！」比呂美の手から、カレーパンが滑り落ちる。そして、しどろもどろで言った。「い、飯干さん、……お久しぶりです」

前任のプロデューサー。あまり得意な相手ではない。むしろ苦手な相手だ。比呂美は、必死で愛想笑いを浮かべた。

「こちらには、なにかのご用で？」

「うん、総務部に出し忘れた書類があってね。……君は？」

「私も、出し忘れた書類があって――」

間の悪い空気が流れる。

が、飯干は構わず、隣の席に座った。そして、

「俺らマスコミがどんなに必死になっても、結局、母親の執念には勝てないってことだな。……つまり、母親の勝利ってわけだな」

「どういうことですか？」

「月村珠里亜の母親が、娘の死に不審を感じ、解剖を要請した。そしたら、大量の覚醒剤が検出されたらしい」

「覚醒剤？」

「もちろん、植物状態の月村珠里亜が自分で飲めるはずがない。……で、母親は、娘に会いに来た神奈乙音が怪しいと、警察に訴えたんだよ」

「なるほど」

「神奈乙音も、調子に乗りすぎたんだよな。だから、先生にも見放された」

「先生？」

「自分が誰も彼も操っていると思ってたんだろうが、実際のところは先生の掌（てのひら）の上で転がされていただけなのにさ。月村珠里亜も同じだ。そして、麻乃紀和も」

「…………？」

「神奈乙音も月村珠里亜も麻乃紀和も、自分こそが幸福な悪女（ジュリエット）だと思っていたようだが、違う。彼女たちははじめから、不幸な〝聖女（ジュスティーヌ）〟だったんだよ。生け贄だっ

たんだよ」

「……飯干さん？」

「いや、なんでもない」

言いながら、飯干が、手首に巻きついた金色の数珠を撫でた。いつ頃からだろうか、飯干の手首には、必ずそれが巻かれている。

あれ？　この数珠、同じものを最近どこかで見たことがあるような……。

えっと、どこだったか。えっと……。

あ。『放送モラリティー機構』、通称BMOのあの男だ。バッファローのような男。

えっと、名前は、名前は……。

「いずれにしても、メデタシメデタシだ。任務完了」

飯干が、勢いよく、席を立った。

そして、

「あ、そうだ。西木も誘ったんだけど、今度、パーティーに行かない？　セレブが集まるパーティーにさ。楽しいぜ？」


（完）

参考文献・サイト・資料

・『新ジュスティーヌ』マルキ・ド・サド著、澁澤龍彦訳／河出文庫
・『美徳の不幸』マルキ・ド・サド著、澁澤龍彦訳／河出文庫
・『悪徳の栄え〈上下〉』マルキ・ド・サド著、澁澤龍彦訳／河出文庫
・『薬物とセックス』溝口敦著／新潮新書
・『中国最凶の呪い 蠱毒』村上文崇著／彩図社
・ウィキペディア https://ja.wikipedia.org/wiki/
・明治大学博物館／刑事部門展示資料

この物語はフィクションです。
登場する人物・団体・事件等は架空であり、
実在のものとは関係ありません。

――本書のプロフィール――

本書は、二〇二〇年十一月に小学館から刊行された同名小説を加筆改稿して文庫化したものです。

小学館文庫

聖女か悪女

著者　真梨幸子

二〇二三年二月十二日　初版第一刷発行

発行人　石川和男
発行所　株式会社　小学館
〒一〇一－八〇〇一
東京都千代田区一ツ橋二－三－一
電話　編集〇三－三二三〇－五六一六
　　　販売〇三－五二八一－三五五五
印刷所――中央精版印刷株式会社

この文庫の詳しい内容はインターネットで24時間ご覧になれます。
小学館公式ホームページ　https://www.shogakukan.co.jp

ISBN978-4-09-407226-6